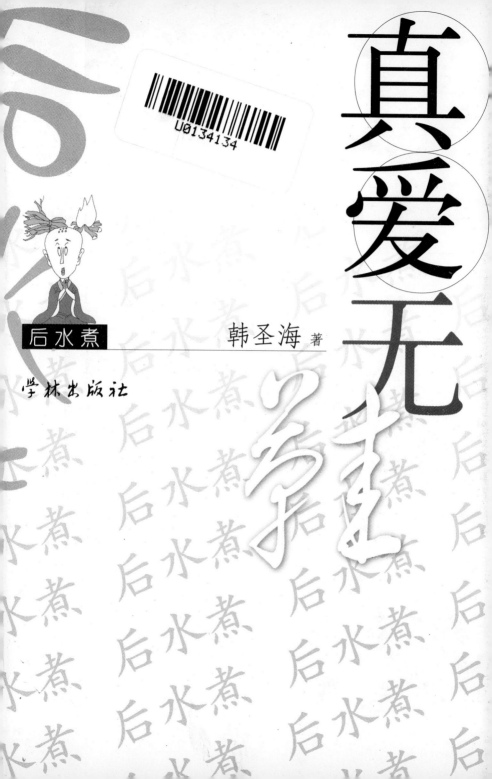

真爱无煮

后水煮

韩圣海 著

学林出版社

目　　录

序

写序时，很多词语径直闯入脑海，"微笑"，"一场游戏一场梦"，"一本正经"，"旋转木马"，"乱花渐欲迷人眼"，"逝者如斯夫"……

没有阀门，头脑无法拒绝蹦进来的词语，只能被动接纳。

下意识排了排序，"微笑"让我最惬意。

若源自内心，笑脸总比苦脸、冷脸、酷脸好玩。

曾在孤僻的山村看到过令我至今难忘的景象，黄昏的霞光里，一个干瘦的古稀老人坐在自家门槛上，清洁的笑容纯如赤子，阳光般洒满每条皱纹。

我当即被感染了，想起一句名言："人类一思考，上帝就发笑。"

上帝肯定也笑话我了，忙碌多年，乐趣有限。

生活似乎很累，为了生活，我们四处奔波。还不忘安慰自己：明天，我会很快活。

明日复明日，永无休止。

是我们错了？抑或生活错了？

是我们忘了。生活本应一路奋斗，一路享受。

人在旅途，途中有若干好玩的事、物、人，关键是有无赏玩的意境。玩具，玩酷，玩票，玩玩文学，怎么玩都可以，只是

不要玩火、玩弄权术、玩弄感情才好。

我喜欢"玩笑"这个词,玩玩,笑笑,轻松而自在。

抱歉,写了这么多,不知所云。

是我醉了。我喜欢醉,醉了,脸上很健康。醉了,心情很舒畅。醉了,思想可以"齐得丧,忘祸福,混贵贱,等贤愚,同乎万物而与造物游"。

我非好酒之徒,更无"劝君更进一杯酒"的意味。我只是想说,生活中多点喜悦、多点微醉总是没错的。

罗兰·巴特说:"悦即满足,醉为销魂。"

"销魂,当此际……"

哈,哈,开个玩笑!

迷你寓言

迷你是外来语，意思是小而好看，也有勾引意味，就像超短裙也叫迷你裙，穿者和观者都对那不言自明的挑逗心照不宣。寓言就是有点意思，或是弦歌飘处，雅意自生，或是言者无心，阅者有意，正所谓"横看成岭侧成峰，远近高低各不同"。

马氏说："人生好似钓鱼，关键在等待，等待很痛苦，但也很幸福。我苦等68年就是为了太公，今天的幸福就是等待的结果。眼光固然重要，但耐心更重要，如果说我有什么成功秘诀，那就是四个字——"坚持到底"。

坚 持 到 底

姜太公成为齐国国主后，经常有大臣送猪肉、牛肉什么的。每次收到礼物，太公和老婆都会感慨不已。

十年前，姜尚还在朝歌街头卖肉。因为欠缺专业知识和工作经验，他经常马大哈，不是称多了就是称少了。

称多了，客人自然不会骂，但回去要被老婆骂。短斤少两，客人会破口大骂。为了弥补，姜尚又会多补点。这样，回去又要被老婆骂。

骂来骂去，姜尚很难过。但他依然自信，从不认为卖不好肉是能力问题。毕竟"闻道有先后，术业有专攻"，很多事情不认专业不行。好像母鸡司职下蛋，公鸡负责报晓，换换岗，两个都很难适应。而他注定是政治家，卖肉只是短暂生活体验，卖好了说明自己一专多能，卖不好也无伤大雅。这样一想，姜尚就释然了。

让姜尚一直耿耿于怀的是老婆马氏，他甚至觉得她是累赘。

马氏是姜尚72岁时娶的。婚前，媒人告诉他，新娘是黄花闺女。他很开心，以为可以老牛吃嫩草。婚后，老姜才知新

娘已经芳龄68岁了。

古稀之年和老处女结婚，姜尚没做非份之想。出乎意料的是，马氏居然连生两个带把的孩子。老姜惊喜万分，某种程度上，他更自信了，他真想抱着宝贝儿子站在朝歌城头向全世界宣布："看，70岁的人还可以做20岁的事情。"

年轻时，姜尚勤奋好学，军事学、政治学都学得不错，但总得不到受垂青的机会。开始，小姜很焦虑，哀叹命运的不公。成为老姜后，他明白了，怀才不遇是因为心比天高，和现实产生了巨大落差，又不能很好面对现实，所以就显得命比纸薄了。不过，姜尚不愿轻易改变决定，他坚信自己终有一天会出将入相。

姜尚有自己的成功理论，在他看来，机会不在于多而在于精，生命中很多机会其实只是误会。因此，他总是潇洒地放过一个个误会，乐观等待机会。

不过，马氏没丈夫那么乐观。她不能容忍姜尚的无所事事，甚至认为他很无能，经常向邻居感叹："男怕入错行，女怕嫁错郎。早知如此……哎，机会太多也误人啊。"

根据马氏的叙述，她年轻时是万人迷，温柔、美丽、性感。那会，求亲队伍像赶集一样从四面八方涌向她家，俊朗的王公贵胄、家财万贯的富家子弟、风流倜傥的玉面书生——拜倒在她石榴裙下。不过，马姑娘总觉得最好的在最后，就拒绝了无数机会，耐心等待。

漫长等待中，青春像小鸟一样飞走了，马姑娘成了马阿姨，马阿姨成了马姑奶奶。求亲者一年比一年少，一岁比一岁老，马姑奶奶越发没兴趣了。直到68岁，尚待字闺中的马姑奶奶经人介绍认识了姜尚，见他长相还算文雅，就胡乱嫁了。

对于婚姻，马氏有句名言："我无数次走过瓜田李下，错过一个个大西瓜，最后拣了粒小芝麻。"

和"小芝麻"结婚后，生活困顿让马氏很不爽，她固执地认为当年随便和谁结合都比嫁给姜尚好。马氏常破口教育姜尚："老头子，听说过没有，百无一用是书生。你呀，就是酒囊饭袋。看隔壁老张，种地、卖肉、打鱼，自力更生，丰衣足食。多学学人家，挣些钱回来。"

由于忍受不了老婆唠叨，老姜被迫卖肉。怎奈天生不是卖肉的料，仅仅几个月，就把大舅子借的本钱赔光了。

卖肉经历让马氏越发鄙视丈夫，嘲笑他比笨蛋还笨，比蠢驴还蠢。

就在姜尚极端窘迫时，师父元始天尊托梦于他，语重心长地说："徒儿，去钓鱼吧，不管有多苦，都要全心全意等待。某一天，贵人会在河边出现，你的命运也会改变。"梦中，天尊还暗示了钓鱼技巧。

从此，渭水河畔老槐树下的大石头上就多了个单钓的老头。

姜尚钓鱼的方式很奇特。鱼杆是木头做的，很粗，鱼钩是直的，上面也没鱼饵。

那样的方式自然钓不到鱼。很多人问姜尚何不一本正经钓鱼。他总是摸着胡子，微笑地回答："钓鱼最关键就是等待，只要愿意等，鱼总有一天会来。"

姜尚空钩钓鱼的事情迅速传开了去，大家议论纷纷。

有人说："天下熙熙，皆为利来，天下攘攘，皆为利往，人犹如此，更何况鱼，钓鱼怎能不用饵呢？"有人慨叹："他年轻时据说蛮聪明的，一定是受了什么刺激。"更有人怀疑："岁月不饶人啊，都七老八十了，莫非是老年痴呆症？"

不过，也有人欣赏姜尚，说："这么大年龄还耍酷，真酷。"

闲言碎语传到老姜耳中，他一笑而过。俗人怎能领会他的意图？他只是摆个钓鱼的姿势，用这个姿势等待机会。诚然，眼前只是一根鱼竿，但他心中却是乾坤朗朗、万事洞明，世上有几人能解其味呢？

就这样，姜尚在河边痴痴等待贵人，等待机会。时间一长，他也成了渭水一景。

日复一日，年复一年。姜尚每天都在晨鸡初鸣时起床，认真梳好满头白发，穿戴整齐，有条不紊地杠着鱼竿出门，蹲在渭河边望望广阔的天空，看看浩淼的河水。日子倒也清闲，就是蹲久了想大便，解决地方也难找，通常都要走里把路才能找到。

遗憾的是，贵人好几年都没现身。这让马氏很不满，她经常不耐烦地责问老姜："老头子，我们都要进棺材了，你的贵人怎么还没出现？"

面对老婆的强烈质疑，姜尚总是轻描淡写地回答："快了，明天，就是明天吧，贵人肯定会来。"

等了无数个明天，贵人依然没出现。潇洒乐观的姜尚也有点惶恐不安了。他开始焦虑，渐渐地，焦虑爬上了额头，以皱纹形式体现出来，再后来，他甚至便秘起来。

姜尚想："师父该不会骗我吧？年华逝水，倘若贵人永不出现，这样下去，岂不等死？"

与此同时，马氏的心情日益糟糕。老姜一回家就被她揪耳朵、戳脑门，甚至还喋喋不休地嘀咕他是"老不死"。

即便面对如此侮辱，老姜的涵养还是很好，自嘲道："老了还不死，那不就是神仙吗？"

又过了无数个明天，贵人仍然没踪影。马氏闹腾得更凶了，吵着要和老姜离婚，她的哥哥也过来作思想工作。

大舅子给姜尚讲了个故事："从前有个农民，他每天辛勤工作，过得虽不算好，但温饱问题还是能解决的。一日，他在田间劳动，一只野兔不知打哪儿窜出来，勇猛地撞在光秃秃的树根上，死了。农民大喜，拿回家洗剥干净，饕餮一顿。第二天开始，农夫就不干活了，守在光树根边，等待野兔撞树。可惜，再也没有第二只兔子出现过。他老婆实在忍受不了，就离开了他。而那位农民也在等了一段时间后，饿死在树根边。你说说看，一只野兔，改变了一个家庭的命运，这是什么事啊？"

听完后，姜尚明白了，农民是守株待兔，大舅子是指桑骂槐。故事也触动了他的神经，不过，仔细分析后，姜尚决定继续等下去，他和故事中的农民毕竟是有差别的：其一，他是知识分子不是农民，其二，他有亲戚赞助，还不至于饿死，其三，他等的是工作机会，而不是只能饱餐一顿的食物。

光阴似箭，一眨眼又是无数个明天，贵人依然没出现。不过，姜尚反而镇定许多，他的内心深处已经把贵人出现从必然事件当作偶然事件了。面对未知的偶然，他只能镇静。

这样一来,他的排泄重新顺畅起来。

此时,贵人出现了。

这日,周文王和随从们到渭水河边散步,随从看到老姜,说:"大王,你看,那老头真呆,一动不动,像个菩萨,据说,他的傻等也是渭水一景。"

周文王仔细端详一番,说:"哎,我怎么好像见过这场景? 哦,对了,梦中的高人指点我,一根木头在水上,是'杰'字,眼睛盯在木头上是个'相'字,人靠在山下的石头上,是个"仙"字,他就是豪杰、贤相和神仙的完美结合者,是我朝思梦想的辅国大臣。"

文王迎上前去给姜尚施礼,姜尚彬彬还礼。两人就在渭水河边唾沫横飞起来。

文王很满意姜尚的谈吐和思路,回到岐山,就拜他为相,尊称为太公。

为免去两地分居之苦,封相后,姜太公把马氏接到了岐山。

太公管理很有一套,行军有法,安民有方。在他打理下,西周上下秩序井然,欣欣向荣。对商战争也节节胜利,最终顺利推翻了商政权,建立了周朝。作为功劳很大的大臣,姜太公被封为齐侯。

回顾以往,姜太公觉得这辈子很幸运,因为很早就懂得等待,懂得远眺未来。前半生看似一无所为,实际却是耐心守候良机,和一生煞有介事忙忙碌碌的人相比,不知幸福多少。如果没有外在压力,甚至连等待也是幸福的。

丈夫飞黄腾达,马氏也跟着享福,她从没想过老姜竟然

"芝麻开花节节高",让自己身着霞帔、头戴珠冠,胸中不禁横生了些许"悠悠岁月,欲说当年好困惑"的感慨。

　　不过,马氏很快适应了转变,她又开始和人鸡零狗碎地讲故事:"人生好似钓鱼,关键在于等待,等待很痛苦,但又很幸福。虽然我年轻时有很多机会,但是我还是愿意等,等待命定的白马王子。坦率地说,我苦等68年就是为了太公,今天的幸福生活就是等待的结果。眼光固然重要,但耐心更重要,如果说有什么成功秘诀,那就是四个字——"坚持到底"。

麦地很有诗意,割麦更有诗意。仗镰刀而行,麦芒映着刀光,闻着热烘烘的麦香,听着刷刷的声响,咀嚼着麦浪和大地的告别,我感受到一种沾满阳光碎片的绚烂和忧伤。

英 雄

是的,我就是荆轲,天下第一刀客。

本来我叫荆柯,为显得有品位一点,父亲后来帮我把柯改成了孟轲的"轲"。

顺便告诉你,我爸姓荆,我妈姓柯。

五岁那年,我生了场大病。大病初愈,母亲找了个算命先生为我掐算未来。

算命先生认真地摸了摸我的头和脸,沉思良久,接着是一声喟然长叹,随后,他慢条斯理地对我妈说:"大嫂,想听真话还是假话?"

"出了钱,当然要听真话,但言无妨。"话虽这么说,母亲的脸色还是有点紧张。

"荆字右边一把刀,柯字左边一个木。右胜左,金克木,此儿乃不世之才,命定和刀有缘,送你两句话:易水度雁影,冷月葬刀魂。"

母亲眉头皱了一下,觉得这两句话有点凄凉,很不开心。至于我,当时很懵懂,只觉着这两句话很美,就记住了。

回家后,我真喜欢上了刀,时常拿着菜刀欣赏,刀刃泛着寒光,我心下无比舒畅。经常,我会用菜刀砍瓜切菜,在有节奏的"咔嚓、咔嚓"声中,我对菜刀运用自如。睡觉的时候,我会把刀放在枕头底下,有时,蚊子在空中飞舞,我随意一挥,但见刀风掠过,落下一片片透明的翅膀。

当我能下地干农活时,我爱上了镰刀。镰刀似新月,冷峻中藏着温柔。恋上镰刀的同时我也爱上了割麦。告诉你一个秘密,麦杆是有脖子的,大约离地三寸,以这样的距离下手可以最快地将一大块麦地割光。

麦地有诗意,割麦更有诗意。仗镰刀而行,麦芒映着刀光,闻着热烘烘的麦香,听着刷刷的声响,咀嚼着麦浪和大地的告别,我感受到一种沾满阳光碎片的绚烂和忧伤。

我是在麦地里碰到师父逍遥子的。

那是个暖春的正午,我在一望无际的麦地里挥汗如雨。不知什么时候,一个身着灰色道袍的老人悄然站在了我的身边,看上去慈眉善目,仙风道骨。

道人友善地注视着我,问:"你在干什么?"

我疑惑地回答:"在割麦"。

他冲我微微一笑,说:"孩子,你割麦的样子很有型,跟我学刀法吧,你将成为绝世刀客。"

我点点头,连招呼都没和家里人打,就跟他走了。我爱刀,刀就是我的生命。

逍遥子带我上了华山,传授我独孤九刀,我成了他的唯一传人。华山学艺期间,我经常去玉女峰练刀,练到欢畅处,就会唱歌:"我剑何去何从,爱与恨情难独钟。我刀划破长空,是与非懂也不懂。"

歌声刀影中,我的刀越练越快。

逍遥子很少指点我，他只是告诉我：刀法之妙在于"快"，招数都是为"快"服务的，高手对决，胜负就在雷霆万钧之间的先机；刀客之真谛则在于无念，无念才能人刀合一，才能成为绝世刀客。

十年后，天下多了个刀客。确切地说，是个职业杀手。

当上杀手纯属无奈，我知道杀手这个职业没什么前途。但就业压力大，不当杀手就没饭吃。所以，我就当了杀手，帮助某些人解决麻烦。因为职业需求，我更名为无名。

子曰："放于利而行，多怨。"因此，杀手这行最重要的是职业道德，要分青红皂白，这是白道和黑道的区别。我老实本份，忠于职业操守，标的是坏人，一篮鸡蛋就干。标的是好人，一车黄金也不接。

飘泊江湖的日子里，我认识了离，一个流浪歌手。他很古怪，能用筷子在石头上击打出有韵律的音乐。究竟怎样认识他的，我已经忘了，只知道他的歌唱得很好。

我对离说："哥们，没个固定职业在社会上挺难混的，流浪歌手，没钱，也没前途，不如帮我找客户，你可以在酬劳中提取30%佣金。"

就这样，离成了我的经纪人，他很卖力。不久，离又成了我的朋友，他很仗义。

一日，离带来了一个神秘客户，说是他最好的朋友。我瞥了客户一眼，就知道他心里充满仇恨，尽管他深邃的眼睛将复仇的欲火深深掩藏。

他叫丹，燕国太子。丹对我讲了三天废话，最后我懂了：他让我杀人，杀一个叫嬴政的家伙，秦国国王。这次行动在燕国称为"斩首计划"。

丹的报价很高,出乎我的想象。

价格对我来说不是问题,我在乎的是价值判断。即便是杀手,也不能随便剥夺他人生命,毕竟,杀人不是割麦。

丹给了个杀人逻辑:秦国是强盗国家,想吞并六国,让各国人民都按照他制订的逻辑生存。燕国想自由地存在下去,不想战争,所以赢政不能活。

这是丹的逻辑。

杀手有杀手的逻辑。

我知道赢政,他是秦王。但在我眼里,他是刽子手,天底下最大的刽子手。同样是杀人,刽子手和杀手大相径庭。杀手有风险,需要勇气和智慧。刽子手则处于"我为刀俎,人为鱼肉"的状态,屠杀只是举手之劳。我鄙视刽子手,他们玷污了刀的精神。而秦王,这一天下最大的刽子手,还玷污了人的精神。

思考了整整三个月,我决定接这单生意,这是我接的最大一笔生意。我决定,无论成功与否,都将告别杀手生涯。

丹为我筹备了三件武器:赢政叛将樊于期的人头;燕国督康的地图;天下最快的短刀。

我明白他的好意,仇人的头可以赢得信任,疆土则是王者不可抗拒的诱惑。有了这两样礼物,赢政肯定会见我,而我就有了用第三件武器的机会。

入秦那日,离和丹在易水给我设酒饯行。

其实,我不喜欢送行,送行就意味着离别。

对于杀手而言,只有刀才意味着离别,如果自己是离

别，那么刀就是自身，刀也会滑向操刀的身体。但我还是去了，因为杀手的逻辑，也因为离。他是我的知己，我虽说文化水平有限，但知道什么叫"士为知己者死"。

易水河边，天有点灰暗，风萧萧地吹动着枯黄的芦苇，天空中飞过落单的大雁，孤独的影子轻轻掠过水面。秋天，确实是一个充满杀意的季节。

离击打着铿锵有力的音乐，慷慨激昂地歌唱："风萧萧兮易水寒，壮士飞盖入秦庭……"丹的门客们则穿着洁白如雪的衣服，有节奏地和着离的击筑声。

不知为何，在宏大如史诗的歌声中我特别孤独，也失却了往日豪情。所有生意中，这次我觉得自己最不像杀手。

歌残宴散，我披上黑色的长袍，收拾行囊上路。

秦王召见那日是中秋，我带着三件武器大步迈进戒备森严的秦廷。我把短刀裹在地图里，设计好的行刺情景在脑中不断闪现，"图穷匕现，刀至人亡"。

嬴政端坐在大厅中央，两边是一帮大臣，天上是一轮月亮，月光如水银一样奢侈地泻在地上。他瞥了我一眼，眼神中有股慑人的强光，不怒而威。我的心头浮起了几丝从未有过的恐惧，但瞬间又消逝了。

我定了定神，仔细审视着嬴政。确切地说，是审视他的脖子。对于我这样的职业杀手来说，要取的只是脖子，其余部分毫无意义。

很短的时间内，我决定了出刀部位。

按嬴政的要求，我打开地图，地图慢慢舒展。说时迟，那时快，图中的短刀闪电般刺向了嬴政……

突然，一缕耀眼的光芒闪进我的眼眶，我的手抖了一下，短刀偏了。

这是我最好的机会，什么都精确计算过了，但人算不如天算，温柔的月光打乱了"斩首计划"。

我错过了最好的机会，这样的机会有，且只有一次。

对杀手而言，犯错就意味着死亡。

我死了，嬴政的快刀挥向了我的脖子，温热的血从我颈部喷薄而出。头飞了出去，魂魄也随之飘散。

"咚"的一声，我的头颅重重砸在石板上，眼睛瞪着那轮晃荡的月亮。

最初，我的理想是混得好一点，能在沛县呼风唤雨就行了。后来，撞上秦始皇出来视察工作，见识了威风八面的仪仗和兵马。当时我就暗自嘀咕："靠，男人混到这份上，值了！"那一刻，我萌生了当全国人民老大的念头。

石头、剪子、布

石　头

我是项羽，外号石头，也有人喊我威而刚，因为我勇猛无比。

我出身于革命世家，血液中生来就流淌着革命血液。哪怕是最专制的年代，我依然会走上街头，做一个政治异议者。

一次，秦始皇在我们家附近了解民情，看着他君临天下的样子，我羡慕地说："皇帝轮流做，明天到我家。"这是谁都不敢说的话，但我说了，因为我是革命者，一个被幻想妈妈宠坏的革命者。

作为天生具有贵族气质的革命者，我充满着战斗激情，茂密的丛林、宽广的沙场、湍急的河流都留下了我战斗的脚印。我喜欢骑着马对苍茫大地用120分贝的高音呐喊："我来了，我看见，我征服。"恰巧，我赶上了秦末农民起义，这给我提供了实现理想的可能。

工夫不负有心人。我和兄弟们破釜沉舟，一路冲杀，将秦朝军队打得一败涂地，革命在我手中实现了阶段性胜利。

冲进咸阳城后，我让人一把火将阿房宫烤成废墟。阿房宫太奢华了，充满着艳情和糜乱，我不想子弟兵们被这样的糖衣炮弹腐蚀。

我有个结拜兄弟叫刘邦，坦率说，我瞧不起他。

刘邦绰号剪刀，可以预见，剪刀每次被石头撞到，都会输个灰头土脸。虽然，刘邦最后成了汉高祖，但我从没输给过他，我只是输给了韩信。确切说，是输给我自己。韩信投靠过我，但我没用他，若重用他，那历史又是另一番景象了。但我不后悔，即使重新来过，我也不会改变。堂堂西楚霸王，怎能重用一个钻裤裆的懦夫？

对于真正的勇士而言，胜利是永恒的追求。我渴望胜利，崇尚用武力快意恩仇，喜欢干净磊落的搏击。我的亲密战友范增曾建议我在鸿门宴上把刘邦"咔嚓"掉，我义正词严地拒绝了。堂堂男儿怎能暗箭杀人？我放了刘邦。有人说这很傻，但我不愿改变。"项羽就是项羽，改变太多就不是西楚霸王！"

不过，生命中总有些东西让人改变，我的改变源于虞，她是个绝世美女。"英雄难过美人关"，顶天立地的我也在这倾国倾城的美人面前陶醉了。

和虞热恋时，范增劝我："大王，你是石头，那娘们是水，她会逐渐地侵蚀你的坚强意志，日复一日，就会水滴石穿。"

我没听范增的话，甚至赶走了他。虞是我的女神，他可以侮辱我，但不可以亵渎虞。

在虞身上我收获了饱满的爱情，给我铁血般的军旅生

石头、剪刀、布，一个相克的循环游戏。但这个循环游戏不是无限的，在本事故中，中止子剪刀的胜利。

活带来了些许浪漫风情。我也意识到，除了打仗，人间原来还有很多快乐。恋爱时间久了，我有了变化，再不是以往那个坚硬如铁的猛人了，我有了惦念，有了旖旎柔肠，我柔软了。

因为惦念的缘故，恐惧开始在我身体里滋生，这影响了我的信心。主帅的信心又动摇了军心。若不是军心浮动，听到虚无缥缈的四面楚歌，战士们何至于士气低落？要知道"楚虽三户，亡秦必楚"。咱们楚国人就是湖北佬，湖北佬都是九头鸟，天不怕，地不怕。

我不怪虞，她是爱我的，她不是祸水，只有虚伪而又不敢担待的男人才会这么说。

虞自刎时，我是醒着的，清晰地听到了利刃在她脖子上的惊悸一抹，像是上好的琴弦在演奏妙音时突然崩裂，这崩裂声攥紧了我的心脏，挤压出疼痛的眼泪。我本可以阻止的，但我不想，她以如此项羽的方式结束自己，我还有什么好苛求呢？

成王败寇，在外人看来我自然是失败者，但我觉得未必如是。爱江山还是爱美人，这不是轻易就能判断的问题。失去了英雄们觊觎的天下，但我得到了项羽想要的爱情。于是，即便直面死亡，面对数十万渴求我人头的敌军，我也胜似闲庭信步，还很浪漫地写了首小诗：力拔山兮气盖世，时不利兮骓不逝，骓不逝兮可奈何——虞兮虞兮奈若何……

自刎那刻，我流泪了，那是爱的眼泪。

剪　子

我是刘邦,徐州人,排行老三,简称刘三。

青年时代的我年少轻狂,老爸看不惯我的生活作风,经常严厉地训斥我:"妈的,怎么像个无赖一样,整天东游西逛,不务正业。看看你两个哥哥,多能干啊,买了许多好东西来孝敬老子,要多学着点。"

我才懒得搭理这老东西,他的眼光和老丈人相差太远。岳丈第一眼看到我,就觉着我前途不可限量,死押我这个宝,甚至把女儿都送给我作马子。但老丈人的想象还是贫乏了点,他没想到某年某月某日我竟然会当上皇帝。

其实,我也没想搞这么大。最初,我的理想是混得好一点,能在沛县呼风唤雨就行了。后来撞上秦始皇出来视察工作,见识了威风八面的仪仗和兵马。当时我就暗自嘀咕:"靠,男人混到这份上,值了!"那一刻,我萌生了当全国人民老大的念头。

没当老大前,周围的人给我起了个外号叫剪刀。意思是我这个人充满了机巧和阴谋,表面上温文尔雅,私下却暗藏杀机,这个嘛,不能说对,也不能说错。

也有人骂我是个无情无意的流氓,因为在项羽要将我老爸做成骨头砂锅时,我居然要他分我一勺骨头汤。这就是误解了,我怎会如此薄情寡义呢?怎么说都是老爸啊!只是,我太了解项羽了,他怎么可能这样做呢? 不过,我也不介意人们说我流氓,很多时候命运就特别青睐流氓。再说了,我是流氓我怕谁!

说起项羽，我气就不打一处来。这鸟人只有匹夫之勇，智商也不高，但偏生是我的克星，和他对垒我屡战屡败，真搞不懂是咋回事。

撇去敌我矛盾，项羽倒是好人，许多时候都天真无邪。一次，他竟然提议我俩单挑以定天下。妈了个巴子，都是有头有脸的人了，还单挑，真他妈幼稚。再说了，定天下这么大的事情单凭蛮力就能解决吗？

我有很多缺点，最大缺点就是好色，看到气质恬美的女孩就骚动。但我从不沉溺女色。我明白，耽于声色只会让我这把剪刀失去锐利的锋芒，遍身锈迹斑斑。倒不是自卖自夸，我很能把持自己。比如，攻进咸阳城时我就没对城里的姑娘性骚扰，说一点不想那是假的，而是我一再告诫自己，形象和威望是克制出来的，小忍是为了大谋，不能因小失大。

我对项羽的转机来自于一个叫韩信的家伙。他来了之后，对项作战战无不胜，楚兵则屡战屡败，最后竟然得了"恐韩症"。当然，这得感谢萧何，是他竭力举荐韩信的。原本我不想提拔韩信，他性格微软微软的，实在不像拥有雄才大略的军事家。不过，一打起仗，我才发现这个男人不简单，他像个深不可测的大麻袋，可以将无穷多的士兵带好，最重要的是项羽碰到他就彻底没戏了，最后只能在十面埋伏的优美歌声中殉情。

韩信是公认的军事天才，但我不怵他。对于他，我"一切尽在掌握"。这点，他也有自知之明。

一次，我半真半假地问："韩信，你能带多少兵啊！"

他自豪地回答："多多益善。"

"那你说说看,我能带多少兵啊?"

"大王只能带将,不能带兵。"

他的回答让我很满意。

不过,在项羽这块大石头被搬走以后,韩信就失去了存在的意义。我张开温柔的剪刀,把韩信"咔嚓"了,被我同时"咔嚓"的还有英布和彭越,他们都曾是我的兄弟。

按普通人逻辑,他们不该杀。但身为皇帝,就注定没有兄弟。我只能用皇帝逻辑行事,角色决定立场,立场决定好恶。

当我脸上的皱纹越来越深时,我开始怀念声色犬马的青葱岁月,经常我会穿着大裤衩问老爸同一个问题:"爸,你说我和大哥究竟谁牛B?"

老爸说:"是你,是你,还是你。"

不管是真心还是假意,老爸的回答让我很开心,这样的时刻我总是豪情万丈地高歌:风嗖嗖,云儿走,耀武扬威回徐州……

布

"曾经有个当皇帝的机会放在我的面前,但我没有珍惜,等到失去的时候才追悔莫及……"

哎,说这干吗呢,我又不是祥林嫂,人世间总是有很多事情在失去以后才想再拥有的。但这又如何呢?时光不能倒流,只能空悲切,咽下无尽的悔泪,成为失败的老头。

我死后多年,司马太监发了通无韵的骚,把我定性为准

阴侯,成为列传的一个条目,不过他也承认我这样的帅才是可遇不可求的。

也许你猜到了,我就是秦末那个著名愤青——韩信。

青年的我英俊潇洒,经常佩着长剑与人辩论、下棋。很多人都烦我,说我是蜇人的小蜜蜂。一次,受骚扰者是个彪悍的小伙,他听得实在不耐烦,满脸苦相地对我说:"求求你大哥,别找我说话,我都被你烦死了。给你两个选择,要不用你的剑杀我,要不从我裤裆下钻过。"

我很矛盾,我深深地知道,人的身躯怎么能从裤裆里爬出?这是多大的耻辱啊!但我如何能杀人呢?救人一命胜造七级浮屠。

思考良久,我选择了钻裤裆,因此落下了"胯夫"的绰号。

有人说我太软弱,但我并不这样认为,碰到屈辱就拔剑而起,很多人都能做到,但能做到像我这样忍辱负重的就少之又少了。老子说得好:"看上去软的东西未必软,软的会变硬,硬的会变软。"

年轻时我很穷,但人穷志不短。我经常幻想自己是姜太公,我也会拿着鱼竿去钓鱼,令人沮丧的是,我的贵人始终没出现。

有心钓鱼鱼没有,无心插柳柳成荫。

我在河边拿鱼竿的忧郁样子感动了一个经常去河边洗衣服的老女人。她的名字叫小芳,气质不错,只是皮肤黑了点。她喜欢上了我,知道我食不果腹,经常拿香喷喷的米饭来接济我。

我爱尊严，但更爱米饭。于是，小芳成了我的黑颜知己。我感激她，某种意义上讲，她也是我的贵人。没有她也就没有我日后持剑飞翔的机会。也许，我会流落丐帮，成为默默无闻的乞丐。也许，我会皈依佛门，成为四处化缘的和尚。

为了表达对小芳的谢意，我抄了首小诗赠于她："蒹葭苍苍，白露为霜。所谓伊人，在水一方。溯洄从之，道阻且长。溯游从之、宛在水中央。"

收到诗那刻，小芳笑了，笑得那样绚烂，以至露出了黄色的板牙。

小芳是有夫之妇，年龄比我大三轮。所以，我们不可能结合。她也很识大体，对我说："两情若是久长时，又岂在朝朝暮暮。"小芳还鼓励我积极向上，在她鞭策下我报名参了军，成了项羽军团的一员。

说实话，我没爱过小芳，如果她年轻30岁的话，我或许会考虑一下。我常想象她小姑娘时候的样子，然后在心里念叨：村里有个姑娘叫小芳，长得好看又善良，一双美丽的大眼睛，辫子粗又长……

项羽是个猛人，我原以为和他刚柔相济，征服天下当如探囊取物。但正因为他是猛人，造就了他的自负，总以为匹马单枪就可以搞定一切了，听不进任何人的意见。他鄙视我这个无名小卒。每次给他献计策都置之不理，私下里还和别人说："韩信有野心，不好好当兵，专门研究怎样讨好上级，其人不堪重用。"

"良禽择木而栖。"万般无奈之下，我投奔了刘邦。我打心眼里看不起刘邦。一个农民，运气好了一点当上了统领一

方的王侯,如是而已。未曾料,即便是农民出身的刘邦也挺牛B,他看不起文化人,经常往读书人帽子里撒尿。好在除了文化以外,我也有力气,蒙他开恩,让我当了管仓库的保安。

保安,在很多人看来也是蛮好的工作,稳定而悠闲。但我目光远大,怎能把大好光阴浪费在一个仓库上呢?

我选择了逃,但在逃的过程中,被一个叫萧何的人追上了。

萧何问:"为什么要逃?"

我顺口撒了个谎,说:"我哪里想逃啦,我只是想让人注意我罢了。"

萧何郑重其事地说:"我注意你多时了,跟我回去吧,我向你保证,刘邦会拜你为大将,你的前途不可限量。看,天上的月亮多美,它划破了黑暗,照亮着我们的前程。兄弟,咱们一起去开创大事业吧!"

我被他诗意的叙述方式打动了,就跟了他回去。

萧何是刘邦的红人,他的话应验了。刘邦拜我为元帅,还送了件亲笔签名的衣服给我,这让我对他的成见消失了。任命大会上,我很激动,表示一定要为刘老板认真打工。

打仗于我实在是小菜一碟,就像下象棋一样简单,很多战术早就在我的脑中运行过无数遍了。萧何经常夸我可以撒豆成兵,发掘士兵所有的潜能。话虽有点过,但并非全无道理。

就拿布来说,我能用它以多种方式激发军队士气:可以做成旗帜来鼓舞士气,也可以做成各种颜色的小布叫士兵裹在头上，不同颜色代表不同等级，不同等级给予不同奖励，激励大家多立战功。

没几年，我领导的那支汉军迅速发展起来，规模越来越大。

刘项决战以前，我的实力已经非常强大了。如果我当时单干的话，三国演义早几百年就上演了。不过，我终究没有自立门户的观念和勇气。究其原因，主要是打工惯了，失去了当老板的激情。

作为立下赫赫战功的将领，要说一点想法都没有也是假的。所以，在楚汉相争的关键时刻，我要求得到相应的奖赏。

在我看来这是很正常的，但刘邦不这样想，他认为我在向王权挑战。不过，在张良等人劝导下，他还是装模作样地奖赏了我。

得到封赏之后，我心情很舒畅，设计了一个充满杀机和魅惑歌声的迷宫来诱捕项羽。石头一样蠢笨的项羽果然带着他的军队钻了进去……

就这样，曾经不可一世的西楚霸王在我的十面埋伏中光荣了。

项羽死了，我以为天下就此太平，可以尽享荣华富贵。

但我错了，不多久，我就成了刘邦的阶下囚，罪名是"谋反"。

但是，这可能吗？

兵力最强大的时候我甘愿俯首称臣，手无几多兵权的

时候我居然要谋反，那不笑话吗？

很多人相信我谋反，实在是没有政治头脑。当然，我没想到刘邦会杀我，那是我没有政治头脑。

空气中传来一阵笑声，有人长叹道："动物一思考，人类就发笑。"

武则天是什么？

春光明媚，动物王国这日正进行辩论大会。辩论题目是《武则天究竟是什么？》，大会主持人是德高望重的乌鸦博士。

首先发言的是白羊，它摸了摸胡须，眯着眼睛说："根据西方星座理论，武则天应该是我们同类。她是白羊座的，一生都充满了激情和活力。她敢爱敢恨，毫不犹豫地追求自己所钟情的男性。她热爱自由，极富创造性，总是做一些令常人无法想象的事情，甚至当上了第一个女皇帝。武氏上述性格都符合白羊座女生特点，我还仔细看了一下她的四肢，手指和脚趾都是五个，符合羊类奇蹄目的特征。综上所述，我认为她是白羊。"

白羊发言后，见多识广的小猴也发言了："我这里有另外一个版本，听我老祖宗孙悟空说，武则天的妈妈叫杨氏。一次，她和老公乘船到江潭，正值中午时分，晴朗的天空万里无云。突然间，天地变色，乌云蔽日，雷声四起，狂风大作，一条乌龙从云丛中跃出，冲向船头，杨夫人受惊而倒……

"苏醒后，杨氏发现身怀有孕。第二年，也就是公元624年，武则天出生了，那年恰好是龙年。再后来，她又当了皇帝，成为真龙天子。因此，我推断武氏就是传说中的龙。"

武则天是什么？当答案众说纷纭时，就会让人类发笑。

这时，带着深度眼镜的老狐狸干咳几声，用沙哑的嗓音说："属相星相什么的都是无稽之谈，当不得真。老朽来表达一下个人意见。我查了很多资料，觉得武则天应该属于狐狸家族。唐朝大诗人骆宾王曾经在一篇论文里提到武氏'狐媚偏能惑主'，野史也有记载说武氏有轻微狐臭。我想，这两点已经充分说明了她是一尾妖媚的狐狸。"

老狐狸的讲话赢得了小猪赞同的掌声，小猪说："老狐狸博学多才，说得在理。"

不过，小猪旁边的小乌龟倒是噗哧笑了一声。

乌鸦博士说："小乌龟，你有何高见？"

小乌龟慢慢伸出龟头，慢条斯理地说："尽信书则不如无书。据我所知，武则天原是李世民小老婆，后来又成为他儿子李治的老婆。从伦理上讲，李世民就成为了乌龟。随后武则天又找了很多男人，李治又成为了乌龟。既然丈夫都是乌龟，那么作为老婆的武氏肯定也是乌龟……"

小乌龟话音刚落，大色狼就开始起哄："坚决拥护小乌龟同志观点，千年王八万年龟，小乌龟同志万寿无疆。"

辩论会气氛一下热烈起来。

就在众声喧哗时，大家闻到了一股臭气。

乌鸦博士用翅膀捂住鼻子，皱了皱眉，说："这是严肃的学术会议，请大家不要自由发言，要发表观点，请把尾巴翘起来。"

会场上肃静起来。这时，乌鸦博士注意到墙角的蝎子一直翘着尾巴，就说："蝎子先生，你被人尊称为动物思想界的斗士，一向以眼光毒辣见解深刻著称，不知道你怎样看待武则天？"

蝎子将尾巴稍微平放了一下，眉头紧缩，说："根据我多年研究观察，武则天的行为完全符合蝎子的生理特征。蝎类非常尊重母蝎子，雄蝎子在完成和雌蝎子交配之后通常都会死去，一种是被动死去，一种则是主动牺牲。恰好，武则天的丈夫李治和多数面首都是雄蝎子的命运。武氏杀儿女的行为同样也符合母蝎特性，蝎子通常不杀子女，但子女若要抢夺食物，侵犯切身利益，我们也会毫不犹豫地挥起毒刺刺向亲生骨肉。此外，从对付竞争对手的手段来看，武氏的毒辣也只有蝎类和她不相上下。"

众畜牲听了觉得有理，皆陷入沉思。

忽然，空气中传来一阵笑声，有人长叹道："动物一思考，人类就发笑。"

会场内顿时鸦雀无声。

大概过了三分钟左右，乌鸦博士跺了跺脚，忿忿地说："它妈的，畜牲哪有人类复杂，散会！"

慧能摸了摸脑袋，突然想起老爸经常念叨"道生一，一生二，二生三，三生万物"什么的，就回答说："三的妈妈是二，二的外婆是道。"

自由的山歌

自从父亲贬官流放之后，慧能就尝试自力更生。父亲死后，他更是成了家里顶梁柱，每天都卖力地上山砍柴。

在慧能看来，砍柴是很有意义的活动，既可以锻炼身体，还可以挣点小钱。再说，山上风光也很秀丽，幽林鸟叫，碧涧鱼跳，白云翕张，瀑布清响，无不让他欢喜雀跃。疲惫了，慧能就看看风景，唱唱山歌。他觉得这样的日子简单而自由。

"山清水秀太阳高，好呀么好风光……"唱山歌时，慧能从来都是独唱，无人应和，这让他郁闷不已。不久，他想出了解闷法子，一会儿男声"上山砍柴大声吼"，一会儿又模仿女声"望见沟中鲤鱼游"，这样就不寂寞了。

慧能常去山下的小酒店，他是酒店的柴禾供应商，平时也经常去那儿吃盒饭。

一日，他照例去送柴，看见一个和尚正在店里敲木鱼，口中念念有词："如来者，没从哪儿来，没到哪儿去，所以如来。"

虽然听不大懂，但慧能觉得很有趣，就问："大师傅，这么有意思的歌，能否教我？我可以在山上唱。"

　　和尚答:"心有山歌皆为歌。"

　　慧能脑中一动,觉得自己像啄开蛋壳的小鸡,脑子湛然开朗。同时,他也有了转行当和尚的想法:他与世无争,也没啥志向,佛门正是过简单生活的清静所在。

　　慧能又问:"你从哪里来,师父是谁? "

　　"黄梅东禅寺,弘忍。"

　　回家后,慧能把想法和母亲说了。母亲很难过,叹了口气说:"去吧,总比当官好。"

　　把母亲安置妥当后,慧能就一溜烟往黄梅方向跑了。

　　弘忍见到慧能时,问了他几个问题。

　　"三的妈妈是谁,二的外婆又是谁? "

　　慧能摸了摸脑袋, 突然想起老爸罢官后经常恍惚地念叨"道生一,一生二,二生三,三生万物"什么的,就回答说:"三的妈妈是二,二的外婆是道。"

　　弘忍又问:"风吹树动,风动还是树动。"

　　"两者都没动,心动了。"

　　弘忍点点头,再问:"你从哪儿来,我的朋友? "

　　"没从哪儿来,也没到哪儿去,我只是来了。就像一只蝴蝶,飞到你的门口。"

　　"为啥要当和尚"

　　"有心奉佛,无意红尘。"

　　"有啥本事? "

　　"砍柴,烧火。"

　　"好,你就砍柴、烧火去吧。三百六十行,行行有佛性。"

　　慧能又去砍柴了,他觉得驾轻就熟。

"本来无一物，何处惹尘埃。"

硬柴烧火，万般皆佛。

和以往不同的是,他开始胡思乱想,经常木然地盯着花花草草,想悟出些佛性来。

某晚,慧能在水桶里欢畅地洗澡,热水把每个毛孔都烫得舒服至极。"砰"的一声,水桶箍坏掉了,木桶成了木片,水哗啦啦流了一地。他下意识用手去捂裆部,捂的瞬间一阵微风吹过头头,他猛然有了醍糊灌顶的感觉,智慧从内心发出耀眼的光芒普照全身,传递到身体、骨头、血液。

慧能觉得赤裸还原了自我,越赤裸就越自我,越自我就越自由,越自由就越接近佛,自身即佛,佛即自身……他跨过破木桶狂奔出来,大声歌唱:"不可说,不可念,不可法,非法,非非法,非非非法。"

歌声惊动了寺内僧人,见到慧能光溜溜的样子,非常诧异,以为慧能有暴露癖。也有和尚认为慧能是砍柴砍傻掉了,唏嘘不已。

对于师兄弟们的误解,慧能不在乎,内心强大的自我足以让他摈弃任何冷嘲热讽。

第二天,慧能心灵开始澄明起来,甚至觉得青青翠竹无非般若,郁郁山花尽是法身。眯起双眼聚焦天空,发现天是笑吟吟的佛,神色亲切,体态圆和。看看柴禾,脑子里马上联想到它的前世今生,由花草树木变来,晒干,用火点燃,变成空气化成灰,归为尘土,再滋养花草树木。循环反复,一切形式转换都很自然,好像什么都存在过,又好像什么都没存在……

春去秋来,一晃又是半年。这日,弘忍大师身体很不适,他决定早日找接班人。

弘忍命小沙弥敲大钟,召集全体和尚开会。不一会,和尚们集合到了大雄宝殿。

弘忍双手合十, 不紧不慢地说:"召集你们开大会是有件重大的事情要宣布,老衲身体不是很舒服,我决定将法衣托付下任。"

听闻此言,和尚们脸上都很严肃。

弘忍接着说:"为了公开公正地选拔,本住持决定举行考试。希望大家积极参与,给你们三天时间,把你们多年来对佛性的领悟写成诗, 最接近佛性的弟子就是未来住持。"

和尚们议论起来, 不少人觉得继承人非大师兄神秀莫属。他天资聪明又工于心计,连续几年被评为三好和尚,学习好,品德好,身体好,近期还常代师父上课。

神秀脸上也流露出自信的神色, 心想:"师父此番话仅是形式而已,接班只是时间问题。不过,我也得露一手,让大家口服心服。"

三更半夜的时候, 神秀在走廊上题下了得意之作:"身如菩提树,心似明镜台,时时常拂拭,毋使染尘埃。"神秀知道师兄弟们识得笔迹,就没署名。

翌日清晨,寺里和尚们都看见了诗,皆知是神秀写的,但众人佯装不知,纷纷吟诵,赞叹不已。

慧能因为去山上砍柴,没参加全体和尚大会,也不知选拔之事。不过,他在烧火时也听到了神秀的诗,他隐隐觉得这首诗和他理解的佛性不大吻合。

慧能叫了个识字和尚把他的质疑也题在走廊上:"菩提

本无树，明镜亦非台，本来无一物，何处惹尘埃。"题完后，慧能又用山歌的方式大声表达自己的想法。

两首诗都传到了弘忍大师耳朵里，大师当即有了结果。晚上，弘忍去了慧能住的柴房。

弘忍问："什么是佛法？"

"砍柴烧火，万般皆佛。"

"怎样求佛法？"

"自心即佛，佛由心生，如水吹风，自然成纹。心是虚空，含日月星辰、大地山川、花草树木。佛是虚空，无法而含万法。"

弘忍点点头，说："你已悟我佛性真谛，住持之位非你莫属。"

慧能说："弟子不明白，缘何要让我当住持？"

弘忍重新把考试的事说了一遍。

慧能这才明白。不过，他实在不想当住持，虽说是佛门的官，但好歹也是官，他老爸就曾因为当官而吃尽苦头，一再嘱咐他不要当。原以为佛门清净，自己又很低调，可以自由生活，没想到又沾上了佛门的权力之争。

他推辞说："师父，此为无心之举，和尚无心功名，还望师父收回成名。"

"无心之因种自然之果，此乃天意。"

"住持是住持，和尚还是和尚，若为住持，和尚恐不得自由。"

弘忍大声说："人是生而自由的，但却无往不在枷锁之中。作为一个正直的佛门弟子，你不入地狱，谁入地狱。"

慧能叹了一口气，毕恭毕敬地从弘忍手中把袈裟接过来，披在身上。

赵匡胤说:"我就直说了。活着无非是为了快乐。我为你们打算,不如把股份全部转让给我,你们到分公司去当个技术顾问、名誉总经理什么的,我再给你们开很高的工资,大家有车、有房,打打球、喝喝酒什么的,不是很好吗?"

CEO赵匡胤

赵匡胤是个有意思的小伙,为人豪爽仗义,喜欢直来直去的表达方式。他有一句名言,"黑是黑,白是白,我从来不拐弯抹角。"

几年前,一个姓赵的北京姑娘爱上过他,跟随在他左右。缝衣服,洗碗,端洗脚水,什么都干。但赵匡胤总不给任何承诺,这让姑娘很尴尬。

一日,姑娘和赵匡胤看《相约星期九》,看着里面热闹的配对情景,姑娘忍不住了,鼓足勇气对赵匡胤说:"胤,我爱你,许我个未来吧。"

赵匡胤冷冰冰地回答:"不可以。"

"为什么?"

"我俩都姓赵,社会上不提倡同姓恋。"

"不提倡不代表不允许啊,我和你又没有血缘关系。"

"介意我直说吗?"

"不介意。"

"我准备把机会留给电视机前的观众。"

姑娘很难过,当晚就收拾行囊伤心离去。

其实,赵匡胤并不是不想结婚,他只是觉得自己是小人物,事业也不成功,虽然作为大周门户网站干将拥有一些股份,但网站效益不好,保不准哪天就倒闭了,他不愿连累姑娘。

姑娘走后,赵匡胤将全部精力放在了工作上,这也是大周网络公司CEO柴荣乐意看到的。网络这行竞争太激烈,大鱼吃小鱼,快鱼吃慢鱼司空见惯。过去十年,倒闭和被兼并的网站就有不少。

赵匡胤最先担任大周网市场总监,工作认真,脑子又活络。在他努力开拓下,大周网业绩逐年攀升,不几年就成了北方人的上网首选。

因为工作业绩突出,赵匡胤被提升为公司首席运营官(COO),在大周公司的权威也与日俱增。担任COO后,赵匡胤又招纳很多亲朋好友到大周公司,有石守信、赵普等大学同学,也有亲兄弟赵光义,这群人在赵匡胤周围形成了小团体。

大周网逐渐发展壮大,也有了稳定的赢利模式,回报给股东的红利也越来越多。

就在公司小日子越过越红火时,公司高层在未来发展战略上有了分歧。

以CEO柴荣为代表的保守派主张继续巩固北方战果,"广积粮,缓称王"。以COO赵匡胤为首的激进派则主张快速发展南中国业务,尤其该拿出现金去收购南方主要门户网站大唐网,将大周网做成全国性门户网站,一统网络江湖。

我就直说了：为了大家吃好玩好，就把股权转给我。

　　当然，分歧是不会在表面上显露的，CEO柴荣和COO赵匡胤看起来依然很团结，在新闻发布会等公开场合更是搂搂抱抱，非常亲密。

　　柴荣已经47岁了，是个老实人。他是前任CEO郭威的养子。郭威是美籍老华人，因膝下无儿，收养了柴荣。觉得柴荣人品不错，几年前退休时就把CEO宝座连同39%股份一起托付给了他。柴荣兢兢业业地守着家业，认真做着公司传统业务。在他看来，能够保住原有市场份额就已经是了不起的胜利了。对于做成全国性门户网站他不是很感兴趣，每当赵匡胤们谏言做大企业时，柴荣总有点不耐烦，用第一大股东的口气说："知道了，我会考虑的。"

　　柴荣的回答让赵匡胤等激进派很不爽。年轻的他们有着强烈渴望成功的激情，希望把青春奉献给充满霸气和活力的公司。不过，他们明白，世上没有永恒的老板，只有永恒的利益，因此他们也不愿转投其他公司，只是暗暗等待机会。

　　2001年9月，柴荣收到了去A国参加《富贵》论坛的邀请，主办方还让他作一个《大周网:慢慢地吃别人的奶酪》的演讲。柴荣喜欢传经布道，愉快地接受了邀请，把事务交给20岁出头的儿子柴宗训来代理。

　　天有不测风云。谁也没料到柴荣乘坐的飞机在去A国的途中被恐怖分子们劫持了，很不幸地撞上了摩天大楼，柴荣不幸遇难。

　　消息传到国内，大周网上下都很悲哀。同时，意外变故也使得大周网出现了权力真空，公司内部动荡起来。为消除不利影响,董事会临时决定让柴世训出任CEO。

这一决定让赵匡胤等高层愤愤不平,除了柴荣之外,大周公司功劳最大的就是赵匡胤了,柴世训虽说是柴荣的儿子,但资历实在太浅了。简单商议后,激进派决定采取行动。

2001年11月9日,赵匡胤约好了石守信、赵普,赵光义等人去"陈桥驿咖啡馆"喝咖啡,同时受邀的还有大周网的第三和第四大股东范质与王溥。

咖啡馆里,赵匡胤开门见山地表达了观点:"柴世训是柴容的儿子,我尊重他,但他太年轻了,不堪承担重任。为了大周网有更美好的未来,我们应该重新考虑CEO人选。"

与会人士纷纷表示同意,为支持赵匡胤的说法,市场总监石守信还提醒大家:"以前老董事长郭威也是痛下决心,联合几大股东罢黜掉刘承佑后才获得公司主导权的。"

经过一番商量,众人决定以无记名投票的方式选出新任CEO。结果,赵匡胤以全票当选。当选后,赵匡胤发表了简短的演说,许诺在今后的发展过程中将给予大家更多福利和权力。

陈桥驿咖啡馆聚会第五天,柴世训在召开的股东大会上被罢免了,支持赵匡胤的股权占到了65%,被正式任命为大周网CEO兼董事长。

当上CEO后,赵匡胤首先把企业名字给改了,叫作"大宋网",随后完成了企业内部改制,"陈桥驿咖啡馆"会议的部分成员也进入了公司高级管理层。

赵匡胤干劲很足,事必躬亲,很少会在8点以前下班,他以过人的精力向下属诠释着敬业精神。在老板鼓舞下,大宋

网取得了空前发展,内容、品牌、利润等各方面都获得了长足进步。不到两年,赵匡胤就吞并了两个重要竞争对手——"大汉网"和"大唐网",大宋网成了国内独一无二的门户网站,两次收购只动用了"大宋网"区区1000万美元。

看着大宋网越来越广阔的发展前景,"陈桥驿咖啡馆"的成员们也越来越开心,不过赵匡胤却终日紧缩眉头,一副闷闷不乐的样子。问他,他也不答,这让大家很奇怪。

2004年5月的一天,大宋网的所有高层管理人员都接到了去赵匡胤家里喝酒的通知。饮到一半,赵匡胤站起来向大家鞠了一躬,说"谢谢大家,要不是兄弟们支持,今天我不可能坐上这个位置,来,我先敬大家一杯。"

说罢,赵匡胤一饮而尽。

众人也跟着喝完了。

赵匡胤叹了口气说:"当CEO日子也难过,还不如当市场总监快活。现在我每晚都睡不踏实,必须服用安眠药才行。"

COO石守信问:"大哥,如今主要竞争对手都已经被我们兼并,公司给股东的回报也不错,还有什么好操心的?"

赵匡胤说:"CEO这个位置,很多人都想当啊!"

石守信等听出了话里的意思,纷纷表白说:"大哥,无论资历还是才能,你都在大家之上,谁要有这种想法,我第一个就不答应!"

"对,我们决不答应。"

其他人响应道。

赵匡胤微笑着说:"资本市场上兼并收购的故事你们也

看得多了,假如有朝一日我们公司有几个人去喝咖啡,他们的股权超过了51%,也有人选你当CEO,你们不好意思拒绝吧?"

石守信一听,终于明白了意思,说:"赵总,你说吧,希望我们怎么做?"

赵匡胤说:"我就直说了。人活着无非是为了快乐,我为你们打算,不如把股份全部转让给我,你们到分公司去当个技术顾问、名誉总经理什么的,我再给你们开很高的工资,大家有车、有房,打打球、喝喝酒什么的,不是很好吗?"

众人沉默不语。

第二天,石守信等都递交了辞职,交出了股权,乘着飞机到分公司去履新了。赵匡胤终于如愿以偿,成了大宋网第一大股东,占有83%的股权,实现了绝对控股。

后来,这个事件不知被谁捅了出去,经过媒体添油加醋地渲染,被称为"杯酒释股权"。

杨老令公说："儿啊，能屈能伸是条龙，一根筋到底是条虫。当卧底是很光荣的，不仅要胆大心细脸皮厚，还要德、智、体全面发展，这是很艰巨的任务，为了祖国，你一定要坚持下去！"

无 间 道

这天，杨四郎在家观摩《无间道》。看到梁朝伟倒下刹那，他由衷感叹：做卧底难，做成功的卧底难上加难。

四郎学名杨延朗。老爸是大宋朝声名显赫的杨业杨老令公，老妈是佘赛花，年轻时艳冠群芳，人称"玉面罗刹"。

当年，为备战和辽帝国的战争，皇帝赵匡胤鼓励人民多生孩子多养马。于是，举国上下热情高涨，大力生产。佘赛花在杨老令公配合下一口气生了10个孩子，获得了"光荣妈妈"称号。但据砸缸的司马光考证，这里面有猫腻：佘赛花事实上只生了9个儿女，第八个儿子杨延顺是老杨家为了获得荣誉而领养的。不过，杨业是国家重量级高干，因此没人敢点穿。

杨老令公胡子很长，武艺高强，使一把百来斤重的金刀，《孙子兵法》烂熟于胸，有事没事常在口中念叨："兵者，国之大事，死生之地，存亡之道，不可不察也。"

老令公其实不喜欢打仗，因此他觉得孙子的话很深刻。但将军是没有"察"的权力的。所以，辽兵大举压境时，他只能服从君命，带着儿子们雄赳赳气昂昂地上战场。

临战前夕，老令公把8个儿子集中到中军帐，严肃地说，"明天就要打仗了，俗话说，'打仗亲兄弟，上阵父子兵'，作为我手把手培养的战士，你们要英勇杀敌、为国争光。但话又说回来，战争有风险，上场要谨慎。因此，我们要建立风险控制体系。兵法云：不能把鸡蛋放在一个篮子里。所以，我想让你们其中一人去当卧底，即便输了，还可以在敌国留下内应，以利再战。"

8兄弟面面相觑，没人主动揽这个活。在他们看来，大丈夫就该上前线，哪怕马革裹尸也是"死得其所，快哉快哉"，而当卧底多少有点旁门左道的意味。老令公见没人响应，提议道："这样吧，我这有8片竹子，一片上面写着'间'字，我们抓阄，谁摸到谁去。"

抓阄过后，老四杨延朗脸色发青，他摸到了"间"字。

老令公拍了拍延朗肩膀，安慰他说："四郎，你阳光帅气，外语好，又沉得住气。你当卧底，爹放心不少。"随后，老令公让人给四郎制作了身份证等一系列可以说明辽国身份的物件，并对四郎进行了卧底专项训练。

四郎没想到战争会如此惨烈：老爸走投无路一头撞死在大石碑上，大郎、二郎、三郎战死沙场，七郎被内鬼潘仁美用箭射死，五郎出家，八郎去向不明，他则被敌人俘虏，惟有六郎带着残兵败将回到了汴京。

被辽人审问时，四郎想起了老爸交代的使命。他用标准的契丹语回答辽国元帅韩延寿："小子姓木名易，是正宗契丹人。在大宋国威逼利诱下加入了他们的军队。多年来，宋装虽然穿在身，我心却依然是契丹心。此次重返故国，我非

"有个声音在向我呼唤：归来吧……"归哪个家呢？

四郎常沉浸于这样一个问题："生存还是毁灭，真他妈成问题了，……哪种更高贵呢？"

常高兴,皇天有眼啊。"

韩延寿听他是契丹口音,各项证件也齐全,就说:"听你口音确是辽国良民,虽说明珠暗投,但情有可原。好吧,你就留在我帐中听用,争取立功赎罪。我是个很好说话的人,以后我们就是一家人了,有福同享,有难同当。"

就这样,四郎留在了辽国。

起初,延朗感到很压抑,父兄们都为国捐躯,自己却在敌国苟延残喘,整天面对沾满亲人鲜血的仇敌,还要点头哈腰有礼貌,是可忍孰不可忍!

四郎常沉浸于这样一个提问:"生存还是毁灭,真他妈成问题了,为了卧底默然忍受命运的暴虐的毒箭,或是挺身反抗契丹,或是直面惨淡的人生,两种行为,哪种更高贵呢?"

思考了几周,四郎还是很矛盾。在矛盾心境中,他梦见了满头血污的老爸。老令公对他说:"儿啊,能屈能伸是条龙,一根筋到底是条虫。当卧底其实很光荣,不仅要胆大、心细、脸皮厚,还要德、智、体全面发展,这是很有挑战性的任务,为了老杨家未来,为了祖国,你要一忍再忍,坚持,坚持,再坚持!"

梦境过后,四郎幡然醒悟。心想,与国事家事相比,个人屈辱实在微不足道。幸亏父亲的幽灵及时做思想工作,否则真误了大事。他很为从前的幼稚和冲动感到羞愧。

随后,四郎的工作态度积极了起来,到处闲逛,熟悉地形,打通人脉。

在大辽国,萧太后是实权派人物,四郎就有事没事往萧太后那儿跑。渐渐地,他和太后越混越熟。太后见四郎说话甜,模样也俊俏,十分喜爱。她向韩延寿征求意见:"哀家看那木易聪明伶俐,手脚勤快,人也很有意思,想招赘他为辽国驸马,将军意下如何?"

韩延寿说:"太后,常言说:小白脸,没好心眼。你可要仔细考察,别让公主成了薄命红颜。"

萧太后听了大为不悦,脸一沉,说:"将军,小黑脸就好心眼吗?我看你是妒忌木易长得帅,算了,此事哀家定下来了。"

就这样,木易成了琼娥公主的老公。四郎感到很幸福,怎么说他的拳拳报国之心可以得到一点发泄。虽然大宋国土被敌人践踏,但每晚都能在床上将敌国公主摆布,这是何等的快意。偶尔,四郎觉得这种心理很阴暗,但和公主结婚后确实给他带来了某种心理平衡。当然,公主是觉察不出什么异样的,只觉得老公很威猛。

木易对自己的表现也很满意,他居然成了驸马爷,公主是他"马子",真是春风得意马蹄疾。琼娥公主很爱他,萧太后也很信任他。几年后,他又成了辽国的镇国大将军。

心神恍惚时,木易真会认为自己是木易,娇妻陪伴,爱子绕膝,早上能喝羊奶,晚上在篝火上烤几只小肥羊,唱歌跳舞,舞刀弄剑,生活美好极了。有时,他甚至觉得过去好似一场梦。不过,每逢父兄祭日,木易总会静静坐在草原上,用忧伤的眼神眺望南方,提醒自己是"汉间"而非"汉奸",国仇、家恨,还有崇高的使命都等着他去完成。

日子一天天过去了,木易权位日重。

这年,宋朝又建立了北伐军,领兵元帅是六郎杨延昭,木易觉得反戈一击的机会来临了。

大宋大兵压境,萧太后封韩延寿为大元帅领兵拒敌,木易则被任命为粮草官,总管辽国数万车粮草。战争伊始,木易就通过信鸽把辽国地图和作战计划捎给杨延昭,信后署名四郎。延昭认得四哥笔迹,想起当年抓阄一事,惊喜万分。心想,有四哥配合,仗就好打多了。

宋军按着情报作战,屡战屡胜。相反,由于作战计划被宋军掌握,辽军节节败退。与此同时,木易也行动起来。他搞了很多燃油和柴禾,利用职务便利在辽军粮仓放了一把火。看着冲天火光,木易长舒一口气,然后匹马单枪跑到宋营。

延昭知道辽军粮草没了,非常高兴,让将士们高挂免战牌,好好休息。

"人是铁,饭是钢,一顿不吃饿得慌。"七天后,没了粮草支撑的辽军成了废铜烂铁,宋军以摧枯拉朽之势直取辽国大本营。辽军稍作了些反抗,随后一败涂地。韩延寿战败而亡,萧后自刎,辽国上下很是混乱。

四郎随宋兵杀入辽国皇宫,惊慌失措的琼娥公主看到四郎,大喊:"驸马救我,娘已自杀,周围皆敌兵矣。"

延朗回答:"娘子休慌,听我慢慢道来,木加易成杨,所以我是宋人,只不过我的外语比较好罢了。我的真实身份是金刀老令公杨业之四子,受父命化名潜入辽国为宋作内应。但公主放心,一日夫妻百日恩,只要你和孩子们归顺大宋,我绝没杀妻的道理。"

公主哭哭啼啼道:"我不管你是木是杨,俗话说'嫁鸡随鸡,嫁狗随狗',我早已是你的人了,命运自然和你捆绑在一起。我也讨厌打打杀杀,我只想有个家,一个不需要华丽的地方,在我受惊吓的时候,才不会害怕。"

四郎听了很欣慰也很感慨。

虽说打了大胜仗,不过四郎并没有别人那样兴高采烈,在他内心深处甚至有些失落,他甚至产生了一些怪异的念头:某种程度上我是不是背叛了辽国?我还是忠孝两全之人吗?干吗要打仗,心平气和坐下来聊天不挺好吗?

班师回国后,宋朝皇帝开了个卡拉OK庆功大会。四郎唱了首歌:天边飘过故乡的云,他不停地向我召唤。当身边的微风轻轻吹起,有个声音在向我呼唤:归来吧,浪迹天涯的游子……

四郎唱得很投入,很深情,歌声中他甚至分不清哪个才是故乡,在他脑海中分明闪现着宽广的草原、闪烁的篝火和奔放的舞蹈。

四郎知道当卧底真的很难,胆大心细脸皮厚,德、智、体全面发展固然重要,但最重要的还是人的毅力,稍有不慎就会将自己迷失。当然,也有运气,梁朝伟就缺了那么点运气。

王安石外号叫拗相公，他不在乎前面究竟是万丈深渊还是惊涛骇浪，拍板的事就一定要做。他明白，这个世界不是西风压倒东风就是东风压倒西风。

驴 子 与 蛤 蟆

和往常一样，赋闲在家的王安石这日清晨去田野散步，隐隐约约听见有人喊他名字。他很诧异，难道如此偏远的乡下还有人认识他不成？

顺着声音望去，一个村妇正用鞭子猛烈地抽打一头驴，一边抽一边叫："驾，驾，吁，王安石，快点走，干活去。"

王安石很不悦，虽然自己长得黑点，骨感些，但和驴子相比还是俊俏不少。他想知道个中蹊跷，就慢慢走了过去，和蔼地问村妇，"大姐，你为什么叫它王安石？"

村妇回答："这头驴又笨又蠢，拉货干农活方法老是不对头，叫它往东它偏往西，脾气犟得和王安石差不多。还有，我讨厌王安石，新政策搞得我们家欠了官府一屁股债，砸锅卖铁也不够还。给畜牲起这个名，用鞭子抽时有快感。"

王安石听了之后差点蹶倒，这是他第二次遭受严重侮辱。上次是苏洵，说自己"不洗脸、不换衣服、不近人情、长得像通缉犯，整天把道德仁义挂在嘴上，活脱脱一个阴险小人"。

但再怎么刻薄，老苏没喊他驴子。再说了，老苏是保守派，自己是维新派，他攻击自己也情有可原。但眼前的村妇就奇怪了,难道新政对老百姓真有那么大的伤害?

今年是1080年,王安石恰好60岁。他心想:40不惑,50知天命,60都该是耳顺的年龄了,为什么他还如此计较得失呢?

不过,无论如何,他是不甘心的。播下的明明是龙种,为何收获的却是跳蚤?

30多年前,他还在宁波鄞县当官。为了度过难关,治下许多农民都在青黄不接时向当地豪绅借高利贷,利息高达40%。碰到丰年还可以,收获的粮食除了够自己吃外刚好还本利。遇到灾年就惨了,粮食欠收,加上利滚利,收割的粮食还利息都不够,重压之下还会引发卖儿卖女或逃奔异乡等社会问题。

为缓和社会矛盾,王安石冥思苦想出青苗法把这个问题解决了:农民青黄不接时由地方政府出面借给农民们钱,利率是富豪们的一半,农民收获后再还给政府。

当年的改革相当成功,农民们负担少了,县财政也壮大了,通过扩大的财政又修了造福于民的水利和道路,进一步促进了粮食丰收,形成良性循环。农民们欢欣鼓舞,不少农民甚至送了颂扬的牌匾给他。稍有遗憾的是豪绅们多有怨言,但在他细致安抚下,都无奈接受了。

因为鄞县的政绩出色,上级领导注意到了他,甚至最高元首也赞许他的能力。他开始官运亨通,最后到了一人之下,万人之上的地位。

但即便身处显赫地位,王安石依然没饱暖思淫欲,他心中装着百姓,想让他们都能达到温饱水平。

王安石觉得自己还真像头驴，只是大宋朝这个石磨太沉了。想到一个故事：一只蛤蟆不自量力去垫不平的桌子脚而被压死了，感到蛤蟆竟比自己俊俏多了。

　　王安石是个有想法的清官，这点，政敌司马光都承认。但司马光们认为，清官只代表个人操守，修身和治国不能划等号，很多时候，清官也会误国，而有想法和有成效更是两码事。

　　司马光曾直言不讳地对他说："你只是懂点理财之术而已，没什么了不起的。再说了，你也只是在鄞县成功。那儿环境多简单，一口井而已，你会蛙泳就可以坐井观天了。但要在全国范围内推广政策就得三思而行了，那是江河和海洋，水多深啊，环境每时每刻都在变，阶级斗争到处都是，你什么招式都要会，不仅要会蛙泳、仰泳，还要会自由泳、潜水，一不小心就会被水呛死。不信的话，咱们骑驴看唱本——走着瞧！"

　　王安石外号叫拗相公，他并不在乎前面究竟是万丈深渊还是惊涛骇浪。他知道，各人有各人的利益，各人有各人的立场，大可不必在乎别人的飞短流长，这个世界不是西风压倒东风就是东风压倒西风。事情既然已经拍板，就一定要做。他有着明确的信念，要让国家富强起来，让人民富足起来。无论是个人还是国家，贫穷就会落后，落后就要挨打，这是一条朴素的真理。

　　幸运的是，他碰到了好皇帝，皇帝不是萧规曹随的人。所以，尽管困难重重，他还是推出了新政。在鄞县试验并获得成功的青苗法被当作一项重要政策来实施，同时出台的还有军事改革、财政支出改革、农田水利等新政。

　　改革方案出台后，他忐忑不安，毕竟很多政策都是摸着石头过河。不过，他对青苗法有把握，因为有成功经验，推广的利率也是20%。

万没想到,青苗法在实施过程中出了乱子:各级官员为了政绩考量变得更优秀一点,将贷款强行推下去,很多不需要借钱的人也被强制借钱,被强制还利息,这些百姓等于无形中多了份赋税。一些借了钱的农民由于不能按时还钱又被官府用棍棒逼债,搞得民怨沸腾。

此外,全国各地经济水平都不一样。有些地方百姓根本不缺钱,20%的利率都比高利贷还高;还不允许民间借贷,这让老百姓对青苗法很不理解。除了农民,富豪们心里也不舒服,资本市场本来是按照市场规律来办事的。政府掺和不仅扰乱了市场也侵吞了他们的利益。

当然,也有些地方干得不错,但政治上很多情况是100—1=0的。何况,还有那么多政敌看笑话?

青苗法没能增加王安石的政治威望,财政支出改革、免役法和农田水利法也没有。雪上加霜的是,财政支出改革涉及了最敏感的皇族成员利益,改革阻力越来越大了。

面对强大反对势力,王安石并不害怕,只是有点困惑。他不明白,为什么每项政策到底层都会变形,变得和初衷背道而驰。

慢慢地,他明白了。每个官员,每层办事人员的背景、利益、性格都不同,考虑事情角度也不一样,各地情况也不一样,而同一个政策更是可以从不同角度去理解执行……到最后,政策就被扭曲成自己都不认识的东西了。

促成王安石下野的东西很简单,是一幅关于乞丐和流民的图画。他也知道,那是社会的部分现实,从古到今一直

存在着，只是它在不恰当的时候正好出现了。

　　谁也不知道这幅画是怎样出现在太后手里然后又出现在皇帝面前的。有人说这是个偶然，也有人告诉他那是个阴谋。但他明白，即便画没有到太后手中，即便没那幅画，他依然会是那样的结局。

　　告退时，皇帝拼命挽留，但挽留只是形式。尽管王安石不认输，但他明白他该退出历史舞台了，是非功过就留世人评说了。再说，他也的确太累了。

　　也许，村妇刚才喊他驴子，也是评判之一。

　　仔细想来，王安石觉得自己还真像头驴，只是大宋朝这个石磨太沉重了，无论方向对错，仅凭一人之力是无论如何拖不动的，累趴下只是时间问题。想到这里，王安石觉得自己还是幸运的。

　　眼前，一只癞蛤蟆从草丛中跳了出来，这让他想起了小时候外婆讲的故事中的那只蛤蟆来，蛤蟆因为自不量力非要去垫不平的桌脚而被压死了。王安石仔细看了一下蛤蟆，觉得比起它来自己究竟还是俊俏多了。

马可·波罗觉得游记只是他写的关于一个梦的记录，一个私人想象事件。但他没有想到，他的想象力居然会和整个欧洲的历史进程有关，越来越多的欧洲人前赴后继地开赴东方……

如果失去马可

马可·波罗一直在天堂里思考这样一个问题："人类失去马可，世界将会如何？"

13世纪的威尼斯风情万种，这是个宁静却不失波澜的水城，水里浸透着妙龄女郎的歌声、笑声、泪水和脂粉。轻浮浪子划着船就可以和情人幽会。不过，马可志存高远，总觉得威尼斯这个舞台太小，一心向往到大地方轰轰烈烈干番大事业。

马可的叔父是生意人，去过很多国家。他告诉侄儿，"最大、最宽广的地方在东方，那是个可以将太阳托起来的地方"。听了这话，马可心弛神往，觉得有朝一日能到东方就不枉此生了。

怀着对东方的崇仰，马可开始搜集东方的一切，书、资料、道听途说的新闻……渐渐地，积累的知识汇聚成一堆巨大的想象碎片，通过对碎片的拼凑和剪辑，马可脑中出现了无数张东方的图片，图片继而在他脑中高速运动，形成了一个个生动的生活场面。不久，他就能流畅地向小城的人们叙述神秘的东方，炫弄他的博学。

日复一日，年复一年，马可觉得那些想象就是事实，闭上眼睛就能看到鲜活的东方。

不知从何时起，马可开始做关于东方的梦，每个梦他都能清晰记得，更奇怪的是，梦连着梦，就像章回小说一样。

开始，马可有点恐惧，因为生活空间被彻底打乱了，他不知道自己究竟生活在哪个世界。每天都有8小时游离在异国他乡，清晨，他又能清楚地听到船舱里姑娘小伙们的调情声在威尼斯水面上恣意飘荡。不过，马可渐渐就习惯了，甚至认为自己很幸运，可以同时生活在两个截然不同的世界。

马可开始向别人叙述奇妙的梦境，说："我去的地方叫中国，一个流满奶和蜜的国度，土地广袤无垠，道路上铺满了贵重的瓷片，屋顶上镶满了黄金，空气里飘浮着茉莉花的清香，大街上满是温柔绮艳的女子。老百姓淳朴极了。去的第一天，我比划着告诉别人：'我叫马可·波罗。'结果，善良的中国人就拎了桶水给我的马喝，还拿菠萝给我吃。"

做了大约1000个梦的时候，马可梦到了中国皇帝。皇帝叫忽必烈，五短身材，小眼睛，大鼻子，厚嘴唇。

忽必烈隆重地把马可请到首都，对他说："马可阁下，由于你热爱中国，又是一个聪明的色目人，你被正式任命为扬州市长。"

打那以后，马可就一直梦见那个叫扬州的城市，整个生活都笼罩在扬州和威尼斯的叠影中，他越来越分不清梦幻和现实，因为扬州也有漂亮的姑娘、曲曲折折的小桥、香艳的河水和爱情。

马可记得在扬州的官宦生涯很成功，为此，忽必烈邀他共进午餐。餐桌上,双方进行了一次深刻对话。

马可问:"大汗,你的理想是什么?"

忽必烈回答:"我要让阳光照耀得到的地方都成为郁郁葱葱的草原,让健儿们幸福地驰骋、马儿们欢快地吃草。"

马可说:"大汗,你很有想象力,也很浪漫。"

忽必烈反问:"浪漫不好吗?"

"对于大王当然是大好事,有想象,才有雄心,有雄心就有希望。但是,大汗的浪漫未必能长久。"

"为什么?"忽必烈问。

"大汗,如果整个世界都是草原,那么除了所谓勇士,剩下的就全是畜生,包括吃草的牛和马。事实上,世界上还有其他人,他们不全是任人驱使的牛马。短时间内,你或许可以用皮鞭让他们做牛做马。但长远来看,人都要追求自由,所以你的浪漫注定不会长久。"

忽必烈的脸红一阵青一阵,气愤地说:"奶奶的,简直在放屁,从来就没人敢和我这样说话。来人哪,把这个色目人拖下去给斩了。"

就这样,马可被几个差人押解到午门斩首。就在两个蒙古大汉挥着大刀向他脑袋劈的那当口,天上出现了一道暗红色的闪电,破开云雾,向他劈来……他被惊醒了。

醒过后,马可摸着满头冷汗,后怕不已。心想,若没有那道闪电,真不知道会是怎么一副光景了,真是伴君如伴虎啊。

奇怪的是,自打刀口余生后马可就再没梦见过中国和忽必烈。只是,先前的梦境已经牢牢镌刻在他脑子里。

　　马可觉得梦境还是真实而清晰的，决定将那些连环梦写成书，名字叫《马可·波罗梦游记》，游记中他将梦中在中国的所见所闻详尽地描述：大都的繁华，扬州的烟花……他太爱中国了，情不自禁地加上很多想象。

　　在马可笔下，中国就是人间天堂：诡异奇丽的景色，遍地闪烁着黄金之光，财富触手可及，美女唾手可得。

　　写完以后，马可觉得想象的部分似乎也在梦中出现过，它们连同整个梦境都是那么真实生动，于是他就去掉了"梦"字，出版后就成了《马可·波罗游记》。

　　《游记》在意大利引起了很大的轰动，人们向往富饶的中国，憧憬着在那儿生活，在那儿死去。

　　几个月后，整个欧洲都骚动了，不少人萌发了探险东方的欲望，欲望又引发了一系列影响人类近代化进程的故事。

　　马可没想到《游记》竟然有如此大的影响力，原本，他觉得《游记》只是自己一连串梦的回忆，一个私人想象事件，他绝没想到《游记》会和世界历史进程有关，越来越多的欧洲人前赴后继地开赴东方……

　　100多年后，马可的灵魂见证了美洲的发现和新航线新航路的开辟，他开始重新思考和忽必烈的那次对话。

　　迷狂想象确实赋予了忽必烈征服世界的欲望和动力，短暂征服了部分世界，但他始终没完成愿望，因为他的想象离人性太远。同样是想象，自己无心的私人行为却激励如此多的欧洲人去开辟新世界。

　　马可很欣慰，因为他的想象是符合人性的，即便自身已经消逝，那么多素昧平生的人还会在他想象的激励下改变世界。

　　末了，马可终于明白，想象是上天对人类的馈赠，某种程度上它也是推动世界前进的动力。想象都是浪漫的，但根据对历史的作用可分为两种。一些想象固然浪漫，但因其不合时宜或不合人性，只是倏忽而过的流星。相反，符合人性的想象，比如财富、女人、平等、自由等等，它们将持久地让世界骚动不安，继而改变世界。他的《游记》刚好属于后者。

"皇帝好啊,人活着图啥,无非是权力、财富和美色,这三方面皇帝都可以实现巅峰享受,感觉自然很好,否则怎么会有那么多人冒着生命危险起兵造反呢?"

腊 八 粥

这天,朱元璋上完早朝回到寝宫,感到很疲倦。

马皇后走了过来,亲了亲丈夫脸颊,给他除去外套,随后就边哼小曲边为他捶背:"左手锣,右手鼓,手拿锣鼓来唱歌,别的歌儿我也不会唱,单会唱个凤阳歌,凤阳歌啊……"

听着听着,朱元璋睡着了。

一小时后,朱元璋被憋醒了,才想起睡前没撒尿,就蹲在床头边的金尿壶上解起手来。

完事后,朱元璋开始骂骂咧咧:"妈的,真是鸡蛋鸭蛋炒鹅蛋,一群混蛋,唠叨起来就没完,老子也要吃喝拉撒啊!"

"重八,没吃过饭吧?煮点燕窝,行吗?"

"大脚婆,那玩意填不饱肚子,还是煮碗杂米粥吧。"

"哎哟,又要忆苦思甜啊,真搞不懂你,好吧,就杂米粥。"

贴身太监马上把话传了下去。

这时,朱元璋长叹一口气,感慨道:"少为放牛郎,老了成大王,邪门了。"

"陛下出口成诗,是不是很有感触?"

"是啊,十岁时我还在放牛,牛儿们在山坡吃着嫩草,我则在热气腾腾的牛粪边上饥肠辘辘,羡慕地看它们吃,觉得世道真不公平。还好,我可以手拿皮鞭骑在它们身上,心里稍微平衡点。不过也得小心,万一它们有个三长两短,东家就要痛打我一顿。"

"你那时有什么远大的志向?"

"没啥志向,只有一些基本的生理需求,想有个茅屋,门前屋后种点菜,鸭鹅满地跑,碗中有饭,菜里有蛋,那就爽翻了。"

"这个想法很平凡。"

"是啊,但对放牛娃来说简直就是癞蛤蟆想吃天鹅肉。"

"所以你跳槽去皇觉寺当了和尚。"

"是啊,庙里管饭,为什么不去呢?工作也清闲,砍砍柴,烧烧火,比放牛好多了。你不知道,刚进庙的几天我很兴奋,觉得爹亲娘亲不如菩萨亲,真想当一辈子和尚。"

"为什么后来不当了呢?"

"老天爷不让我当和尚啊,先是旱灾,后是虫灾,国民经济糟糕透了,庙里不仅没有饭吃,还成了难民避难所,我不甘心坐吃山空,就去讨饭了。"

"就是当乞丐吧!"

"嗨,你别瞧不起乞丐,这小职业里可有大智慧,概括起来就是'厚颜无耻,甜言蜜语'。倘若一个人真能将这八个字身体力行,干任何职业都不会有多大问题。我的乞讨生涯算是成功的,一天下来,布袋里杂米都够抓几把了,架点火一煮就可以饱餐一顿。"

"讨饭时,你有没有崇高的理想?"

"我当过放牛娃、和尚、乞丐、士兵、将军，这些就是原料，熬了三十年，就成了皇帝这碗杂米粥。"

"今天什么日子？"

"腊月初八。"

"那这杂米粥就叫'腊八粥'。"

"当然有了,所谓'饱暖思淫欲',那时我已经发育,对男女之事已经知道点了,就想着'半亩土地一头牛,老婆孩子热炕头',只是谁会嫁给乞丐呢?"

"所以,你参军入伍了。"

"是啊,群雄并起,兵荒马乱,作为青年男人,唯一的就业机会就是当兵。当兵是危险了点,但比乞丐强,能吃饱穿暖,还有发展空间。不过也有烦恼,那时自立山头的人太多,不知道哪个部队有前途,还好,我运气不错,进了干爹的部队。"

"有个问题我一直想问你,为什么你在部队里混得那么好?"

"就是'吃得苦中苦,方为人上人'呗。放牛生涯让我懂得了小心谨慎、吃苦耐劳,和尚生活使我拥有了平常心,乞讨经历培养了我奉承拍马的工夫。就这样,我很快适应了部队生活,加上作战勇敢,干爹就提拔我了,一开心,又把你嫁了我。"

"那时,你的最大需求是什么?"

"打仗嘛,安全最重要,人死了,啥都没用。想法也有,无名小卒时特别想得到别人尊重,因此就想当个将军,然后就想当个大将军。真正觉悟是在干爹遇难后,保护伞突然没有了,为了保护自己也为了更好生存,我有了实现自我价值的想法。"

"你现在感觉如何,都已经是皇帝了。"

"皇帝好啊,人活着图啥,无非是权力、财富和美色,这三方面皇帝都可以实现巅峰享受,感觉自然很好,否则怎么会有那么多人冒着生命危险起兵造反呢？"

"现在,你的愿望是什么？"

"就是做稳皇帝,我杀那么多功臣,就是图个稳当。徐达、胡惟庸人都不坏,那样治他们有点过分,我也过意不去。我一直想,如果没当这劳什子皇帝,我不会变得那么坏。"

"应该的,男人不坏,肯定失败。"

这时,宫女端着杂米粥过来了,朱元璋有滋有味地喝着,说:"大脚婆,你知道我这辈子最得意的事情是什么吗？"

"什么？你说说看。"

"我今天所有成就都是白手起家得来的,多不容易啊,就像这杂米粥,几十年前我辛辛苦苦走百家,一户户讨来,再亲手煮着吃,味道真是好啊。"

"我明白了,因为这个,你才特别爱吃杂米粥啊。"

"哎,大脚婆,你还别小看粗粥,连我这皇帝也是杂米粥。"

"怎么讲？"

"我当过放牛娃、和尚、乞丐、士兵、将军。这些就是原料,熬了三十年,就成了皇帝这碗杂米粥。"

说罢,朱元璋又舀了勺粥往嘴里送,啧啧赞叹:"香,就是香。哎,今天是什么日子？"

"腊月初八。"

"吩咐御膳房,多做几锅杂米粥,给王公大臣们送去。再诏告天下,每年腊月初八,全国人民都要喝杂米粥。"

"陛下要不给这粥起个名,杂米粥有损皇家威严啊？"

"就叫腊八粥吧！"

"好，就叫腊八粥。"

从此,腊八粥就在全国流传开来。

附:朱元璋和马斯洛需求理论

自我实现的需求……………站上权力、财富的顶峰

寻求他人尊重的需求………当军队小头目,将军

安全需求………………安安稳稳地当兵, 不要出事

基本生理需求………………解决温饱问题,吃蛋炒饭,有个老婆

当太监一定得搞定皇帝,皇帝是一把手,功成名就的太监都是皇帝跟前的太监。所以,你要千方百计接近他,讨好他。若能得到他信任,你就是一人之下,万人之上的人上之人。

魏忠贤前传

旷莽荒凉的野外,21岁的魏进忠(魏忠贤当时叫魏进忠)靠在孤独的菩提树下。阴暗的天空飘着密密麻麻的细雨,冷涩的秋风吹动他散乱的头发。但魏进忠已经被思绪麻木了,松着腰间的裤带,手中拿着菜刀,满脸颓废。

"怎么办呢,上吊还是自刎,哪种方式更好呢?"他自言自语。

不远处,一个黑衣人出现了,戴着宽大的斗篷,径直向他走来。

"小帅哥,你是不是有烦恼,我好像在赌场看到过你。不就输了点钱吗,别想不开。赌徒最忌讳自杀,自杀等于永远放弃翻本机会。"

黑衣人用轻蔑的口气说。

魏进忠仰天长叹:"我是彻底的无产者和失败者,输掉了财富、信誉和老婆,受债主逼债,被家人歧视……我已经没有一丁点本钱了,试问,生活于我有何意义?"

黑衣人诡秘地一笑,说:"小伙子,你先不要追问生命意义,我问你一个简单的问题。"

"什么问题"

"你是男人吗？"

魏进忠涨红脸，生气地说："废话，我当然是男人。"

"是吗？真的男人敢于正视淋漓的鲜血，直面惨淡的人生，而你只能懦弱地逃避，以自杀掩盖无能。"黑衣人嘲讽道。

魏进忠说："没有钱，没有尊严，这样的我没有任何自由，对于向往自由的我而言，不自由，勿宁死。"

黑衣人鼓了几下掌："好，有志气。这样我兴许还能帮你，你可以不死、不还债，还能自由地生活"。

魏进忠将信将疑，说："小子愚钝，烦劳先生指点。"

黑衣人沉思默想了会，说，"欲获成功，必先自宫。"

"你的意思是当太监？"

"是的，就是太监。它可以改变一个男人的命运。拿河间府来说吧，近几年出了多少大太监啊。最近的例子是王胡，你应该知道的。他家曾是全县有名的破落户，都要靠亲戚接济，如今王胡在宫里当了总管。家里人脱贫致富就不消说了，连七大姨八大姑都跟着沾光，，真是风光无限啊。"

最后几句，黑衣人抬高了嗓门。不过，高音部分有些尖细。

"风光无限好，就是没小鸟。"魏进忠哼了一声。

"当久就习惯了，你不妨一试。"

"我不想尝试，太监要过非人的生活，忍受心灵和身体的双重残疾，艰于纵情声色，那是多大的痛苦和悲哀啊！再说，今时不同往日，自宫后没有上岗的阉人比比皆是，你说冒这个险值得吗？"

"好死不如赖活,太监生活也未必如你所说那样一无是处。再说,成功都是要付出代价的,你是赌徒,应该明白这个道理。至于就业,你放心,包在我身上。"

"你是谁,我凭啥相信你？"

"我是大明太监经纪公司的,股东是皇室背景。我们操办的太监,不存在就业问题,99%能进入皇宫。宫里很多红人都出自我们公司,王胡、张忠明、李敬之等都是。"

黑衣人一边说,一边拿出张盖章的绢纸在魏进忠眼前晃了晃。

魏进忠很矛盾,愁眉不展,思考良久。

"就当是赌博吧,反正本钱也就半斤肉。"终于,他慢慢闭上眼睛,以日本武士般的坚毅将菜刀挥向裆部。

"哇"的一声惨叫后,鲜血从魏进忠下面汩汩地泻了出来。伴着温热的红色,魏进忠的魂魄也飞扬起来……

醒来时,魏进忠躺在一张充满脂粉香的床上。周围环境很陌生,他隐约觉得下面有点疼,顺手一摸。裤裆里空空荡荡的,这让他很是难过。

"咚,咚",敲门声响起来了。一个尖细的声音喊到:"魏进忠同学,请开门。"

魏进忠披上外套下了床,拉开门一看,是个青衣小厮。小厮说:"请速到无欲楼忠皇厅集中, 还有半个时辰就要上课了。"

魏进忠疑惑地问:"小哥,我这是在哪呢？"

"哟,您还不知道啊,这里是赫赫有名的大明太监培训

《无鸡之谈》太监必读，但光靠头悬梁还不够，成功还得在实践中修行。

基地,凡进宫的太监都要在这严格培训,获得上岗证书后才能正式就业。"说完,小晰匆匆通知其他人去了。

魏进忠明白了,回房整理一番就出门了。

门外的阳光有些刺眼,魏进忠很不适应,眯了会眼睛才感觉好些。几幢整齐划一的房子分立在道路两旁,外墙上一些标语很醒目,"好好学习,效忠皇上","吃得苦中苦,方为人上人",各类励志字句随处可见。

顺着路边的指示牌,魏进忠来到无欲楼忠皇厅。

上课教员就是那个黑衣人。他拍了拍魏进忠肩膀,发给他一本书,又向他指了指座位。魏进忠接过书之后就入座了,问过同桌,才知此书叫《无鸡之谈》,著者为秦朝著名太监赵高。

这时,黑衣老师讲起课来:"太监这个职业,最重要的职业素质就是忠诚。大家仔细想想,为什么皇帝不让正常男人进宫服务呢?无非是怕后宫惹出乱端,出现对皇帝不忠的事情……"

说着说着,老师走到魏进忠边上,说:"这位同学,请你谈谈对忠诚二字的理解?"

魏进忠恭敬地站了起来,说:"先生说得极有理,对于太监来说,忠诚是最重要的,才华和力气都是次要的,何况在那些方面无法和正常男人相比。因此,只要我们充分发扬忠诚品质,做个本份太监没有问题。"

"有见地,你悟性很高,知道扬长避短,是当太监的料。"

"是先生讲得好,让学生触类旁通。"

先生接着又讲道:"仅仅忠诚是不够的,还要懂得在主子面前表现。表现方式主要有两种，一是察言观色，二是奉承拍马。察言观色是门实践性较强的学问，短期内不可能融会贯通，但这门学问非常重要，一定要在实践中细心揣摩。若使用得法，会让主子觉得你很重要，好处也纷至沓来。当然，拍马屁也很重要，古人云：千穿万穿，马屁不穿。吃透以上两点，估计就能当个受宠太监了。"

学生们听得出了神，认真点的学生还在笔记本上把老师的话记下来。

临下课时，黑衣老师咳嗽了一声，说："我知道大家短时期可能会为太监身份自卑，不过我要提醒大家，大家当太监无非是为了有新的未来，表面上你们阉割掉了希望，事实上却得到了重生机会，与正常男人相比，女色对你们已经诱惑不再，假如能将所有精力集中在职业上，相信大家都会有大好前途的。"

话音落下，课堂里响起了热烈的掌声。

学员们三三两两地离开了教室。就当魏进忠要走的时候，黑衣老师喊住了他。

魏进忠很诧异，但还是跟着他走出了培训基地，来到城里的一家酒楼。

酒楼上很安静，两个人找了个靠窗的座位坐了下来，黑衣人叫了花生米、酱鸭、鸡鸭血汤和两壶酒。

黑衣人先打开了话匣子，说："明天就要进宫了，不知魏君有何打算？"

"没什么打算，就当是赌博吧。谁都想赢，但结果不好说。"

"你觉得我今天讲的有用吗？"

"有用，只是师傅领进门，修行还得靠个人。"

"今天时间紧，我还忘了讲蛮多内容。不过你的领悟能力很强，有当太监的天份，加上你是我老乡，所以我想再和你说些亲身体验。"

"好呀。"

"我也曾是太监，对皇室忠诚，也会拍马屁，深得主人欢心，同事之间关系也正常。不过，几年后我发现我依然是小总管，有点厌烦，就向宫里讨了这个差使，在培训别人的过程中，我反而明白了当太监的秘密。"

"什么秘密？"

"当太监一定要搞定皇帝。皇帝是一把手，大凡功成名就的太监都是皇帝跟前的太监。要千方百计接近他，讨好他。倘若得到他信任，你就是一人之下，万人之上。但是，你千万要注意，绝不能……"

"咔！魏进忠，你明显不在状态，你要更谦虚地听老师讲话，哪有你这样的小太监，神态悠闲，跷着二郎腿的，切记，你现在还是小太监，来，过来。"

"哦，先生，实在不好意思，我走神了。"

"没关系，你前面几段演得都不错，哎，能不能把你领会的太监精神给我说一下？"

"太监之道，在奉承、在察言观色、在搞定皇帝……"与此同时，魏进忠又从长袍里面掏出一支香烟递给导演，说："导演，抽支烟，提提神。"

"戏剧小天地，人生大舞台，小子，你倒挺懂得活学活用。"

　　"哪里,哪里。"

　　"行,先歇会吧。你呆会要把理解的精神用表情和动作体现出来,越逼真越好。"

　　"先生,还要演几遍啊,瞧大伙累的。"

　　"就看你什么时候能把我搞定了。"

　　"嘿,嘿",先生坏笑几声。

　　"哎,真累人啊。"魏进忠长叹一口气。

1556年，我30岁，人生观已经成熟，我觉得人和人可以发生无数关系，都逃不脱"利益"两字，而人类行为都是自利行为，正所谓"人不为己，天诛地灭"。

经济学家李贽

"天下熙熙，皆为利来，天下攘攘，皆为利往。"今日之中国，经济学大行其道，世人皆为私利狼奔豕突，好一番热火朝天的景象。

睹今思往，我无限感慨，恨不晚生500年，那样的话，我也是个著名经济学家，也可以四处演讲，牛B八方。

谈起老一辈经济学家，很多只知伯纳德·曼德维尔、亚当·斯密等洋人。这也难怪，"外来的和尚好念经"。殊不知，他们摆弄的玩意我早就玩过了。

我叫李贽，生于1526年，属狗。比曼德维尔早出生144年，比亚当·斯密大197岁。

出生时，我和所有人一样纯洁无瑕，不懂得阴谋诡计和人情世故。不过人总要成长，成长就有烦恼，在烦恼过程中，我朦胧地发现了人类社会的秘密：你必须先付出，才能得到想要的，套用一句名言："天下没有免费的午餐。"

1岁时，我懵懵懂懂地意识到，要吃奶，必须付出些眼泪。

5岁时，我被潜移默化地告知，要大人赞扬，必须显出知书达礼的样子。

7岁时,我明白,要爸爸买玩具,必须用私塾的好成绩来换。

9岁时,我第一次有了零花钱,知道要糖果,必须给小贩钱。

21岁时,我和黄氏结婚,夫妻感情和好,纵然如此,我还是以为结婚是我心换你心,我身换你身,要占有对方,也就要被对方占有……

随着岁月流逝,我渐渐长大,发现也越来越多,心灵就在这些发现中不知不觉被"污染"。

1556年,我30岁,人生观已经成熟,我觉得人和人可以发生无数关系,都逃不脱"利益"两字,而人类行为都是自利行为,正所谓"人不为己,天诛地灭"。

例如,人们耕地是为食物,造房是为心理安稳,读书是为功名,看风水是为福荫子孙,养儿是为防老,结婚是为满足欲望和节约成本……甚至,看似正经的师生关系也夹杂着铜臭,就拿孔子与门下弟子的关系来说,弟子们所要的东西(学问,人情世故),只有孔子有。孔子要卖的东西(学问,人情世故),只有徒弟想买(花费时间和学费),如此就结成了师徒关系。

其实,人人都追逐私利,结果却是大大丰富社会产品。织女织布,渔人打鱼,铁匠打铁,农民种粮,商人开店,屠夫杀猪,都是为私利工作,无形中却使得社会生活七彩斑斓。

因此,面对人民的逐利欲望,政府有堵和疏两种办法:

A.教导大家"存天理,灭人欲",让老百姓无欲无求;

B.创造良好的商业氛围,鼓励大家公平合理地去逐

利。

　　根据人的本性，办法A其实是无法实施的。人欲能灭吗？真能灭的话，人就不是人了。这样，政府只能选择B，创造好的商业氛围，鼓励大家逐利，让人民自由发挥。相信千万人追求私人利益的欲望和力量是会得出一个融洽的商业社会，人民可以各取所需。

　　话又说回来，自私并不意味着人可以在自私名义下无视道德。我也欣赏高尚的道德情操，提倡建立道德社会。

　　在我看来，"童心"就是建设道德社会的重要支柱。"童心"指的是人的原生态。婴儿时，人纯真无邪，想吃就吃，想要就要，想说什么就说什么。但在固有教条引导下，所谓的善恶、美丑观念逐渐渗透到脑中，然后人就不自觉地用这些标准去寒暄、敷衍、指责、表扬……久而久之，人越来越假，为了顺应公认的真、善、美标准，假人、假事、假文、假发、假须都应运而生，"逢人且说三分话，未可抛却一片心"甚至成了社交圭臬。

　　虚假客套中，国家成了谎言的沼泽。譬如我所处的时代，文臣欺骗皇帝，使皇帝不明国是；武将谎报军情，置边防于危险境地；官员欺骗人民，使民怨四起……社会就在瞒和骗的谎言中渐渐腐烂。

　　"长此以往，国将不国。"因此我主张在童心基础上建立新的社会公德，让人间回归真实，用赤子般的纯真来消弥虚伪。

　　一晃400年过去了，现在看来，我上述两个理论是很有道理的。前者已在全世界生根发芽，成为经济学的一大理论基石。后者也赢得了不少拥趸。这与当年的情况大相径庭，尤其是前者，更是被视作魔语妖言。我也知道在当时语境不能乱说话，但我是多血质的人，又是O型血，藏不住事，还喜欢著书、讲道、闲谈什么的。因此，我的理论很快就传开了。顺理成章地，我也被当局定了"敢倡乱道，惑世诬民"罪，关进死囚牢。

死囚牢里，我很安详，向看守要了把剃刀，说是要剃头，其实是用来割喉管。我流了三天的血，然后死了。

临死时看守问我："你为何自杀？"

我回答："都已经是70岁的老头了，没什么值得我留恋的。"

我心里确实也是这么想的，我觉得这辈子了无遗憾，我也深信我的思想会影响世界。正如300多年后那个英国经济学家所说："思想不管正确还是错误，力量之大，往往超出常人意料。事实上，统治世界的就是思想。实践家自认不受任何知识影响，但往往会成为已故思想家的工具。"

四百年后的今天，现实证明了我的自信。

迷你厨

脱颖而出,这是每条狗狗都有的理想。狗世界里,无论老狗、小狗、黑狗、白狗、公狗、母狗都想出狗头地,讨得主子欢喜,以便过上幸福生活。只是职位有限,狗与狗之间的竞争就很激烈。

和 珅 是 条 狗

我有个主子,大名乾隆,小名弘历,是个狗皇帝。它养了很多狗,用来看家护院,防止某些不安分的草狗和野狗来侵犯。

主子养的狗统称走狗,各司其职,干什么的都有。有打猎的猎狗,看家护院的看护狗,用来把玩的叭儿狗,外出放牧的牧羊犬……甚至还有专门从事监督工作的狗仔队,负责汇报主子感兴趣的事情。

很多狗在一起,事情就很多。有时为了肉骨头多少、狗窝大小这类小事,大家就争吵不休。大狗会叫,小狗也会叫,整个世界煞是热闹。吵到亢奋时大家都会骂"狗娘养的",互相问候老母。

我也是条狗,叫和珅。这个名字起得好,两字中央是"口王"。这很重要,狗世界里能叫唤、叫唤得好,关系到能否在芸芸众狗中脱颖而出。

脱颖而出,这是每条狗狗都有的崇高理想。狗世界里,无论老狗、小狗、黑狗、白狗、公狗、母狗都想出狗头地,讨得主子欢喜,以便过上幸福生活。只是职位有限,狗与狗之间的竞争就很激烈。

幸好，我是个帅哥，外表上先入为主，给了主子一个好印象。我也善于叫唤，善于摇尾调笑，哄得主子非常开心。主子一高兴就让我当了狗官，开始只是护院侍卫，随后不知怎的就交了狗屎运，一路飞黄腾达，最后竟然被晋封为忠襄公，一人之下，万人之上，风光无限。整日翘着尾巴，雄姿英发，看谁不顺眼就咬两口。

话又说回来，"高处不胜寒"。时间长了我就深深体会到身处高位的艰辛。一方面伴君如伴虎，得小心伺候；另一方面又要处心积虑防止其他狗官的倾轧。常言说得好，"做狗官难，做大狗官更难。"

对于其他狗官我通常因狗而异，收买的收买，镇压的镇压。主要策略还是收买，毕竟狗改不了吃屎，糖衣粪蛋之下，很少有狗能够洁身自好。胃口大点的狗我就送肉骨头。

通过收买政策，一群大小狗官紧密地团结在我的周围。当然，狗毛出在狗身上，它们同样也会孝敬肉骨头给我。

不过，狗官们不是都能被收买的，尤其是成为大狗官之后，同级别的官员就少有臭味相投者，它们好像生来就和你有仇。和我先后过不去的狗官有刘墉、纪晓岚和王杰，尤其是狗日的纪晓岚，仗着有点文化，老是对我吠叫不休。其实，它也蛮可笑的，再有文化，还不是一条走狗？

凭着主子宠信，我很想把对头们赶走。不过，每次提议，主子总是一笑而过，然后不了了之。开始我以为是主子没彻底信任我，渐渐地我明白了，这是主子的刻意安排。它怕下属结盟，结盟会把它架空，因此要让性格迥异的下属共事，

和珅两字，各取后、前一半，就是"口王"。叫唤得最好的狗哦！当然脱颖而出喽。

相互牵制。主子要高枕无忧，所以，我们得狗咬狗。这就是所谓的狗政治。

我的狗官生涯基本成功，和主子相处融洽。几十年如一日，主子也从小狗变成老狗。

老狗就要退休，主子也不例外，他把位置传给了狗崽子嘉庆。

新主子嘉庆即位，我以讨好老主子的方式去讨好它，但它却对我不冷不热，什么也不说。俗话说得好，"叫狗不咬，咬狗不叫"。主子的冷淡让我有种不祥的预感，终日忐忑不安，夹着尾巴做狗。

担心的事情终于发生了，在老主子尸骨未寒之际，新主子拘捕了我，还抄了我的狗窝，罪名是贪污受贿。

宰杀前的日子里，我一直在考虑真正的落马原因。虽然贪污腐化是个罪名，但够得上判死罪的贪官很多，为什么偏偏是我？

细细思量，我总算明白了，我的主要过错有三。其一，积累财富太多，我收集的屎和骨头都超过了主子家，宰杀我可以大捞一票。其二，得罪的狗太多，对于急于树立威信的新主子来说，宰杀一条千狗所指的败类正是收买狗心的大好机会。其三，围绕在我周围的大小狗官太多，有结盟嫌疑。

正是这三条，嘉庆非杀我不可。

据后来的官方卷宗记载，我的终审判决是"擅权乱政、贪污腐化，其罪当诛"。不过，"和珅跌倒，嘉庆吃饱"的说法还是"一传十，十传百"地传了开去，成为众狗皆知的秘密。

风花雪月

　　罗大佑老师用"风花雪月之，哗啦啦啦乎"的戏吟表达了誓不媚俗的气概。我也反对媚俗，但欣赏风花雪月，它们都很轻。遗憾的是，总有沉重的欲望藏在轻逸的风花雪月背后，永恒地轮回那些生命中不能承受之轻。摇?摇

　　靠，什么时候能把"轻"还给"轻"就好了。

小莲觉得男子如鞋一样，要好看、实用、温暖，最好的男人就是最合脚的鞋子，穿上就跟没穿一样。为此，她甚至拒绝了县衙内的求婚。

真 爱 无 鞋

南华山下，一间茅屋孤卧于几株老松间，风从屋前掠过，晾在竹竿上的一双破草鞋发出"沙沙"的声音。

这是双普通的草鞋，没沾上任何泥，也没脚臭的味道，但有个"Z"形记号，正是这记号，常勾起老年庄周的回忆。

庄周出生在蒙城，一个牛比吹牛的人还多的地方，因为家里穷，五岁时就不得不忙着帮父母编草鞋。庄家的鞋艺是祖传的，编的鞋结实美观，深受当地百姓欢迎。

鞋是用来穿的，兼行走和保暖之用。在庄周父母眼里，鞋也是谋生工具，温饱象征。在庄周眼里，鞋还意味着知识，他从小就爱读书，经常用编草鞋赚的钱买书。

在鞋与书之间，庄周长大了。

17岁时，庄周出落得玉树临风，风神潇洒。那年春天的一个正午，他躺在慵懒的阳光下看书。忽然，一股乱乱的暖流从心里冒了出来，一连几月，庄周都被暖流搅得心绪不宁，鞋也编不好，书也读不进，有事没事总找女孩聊天。

庄周很纳闷，就去问母亲："妈，好像有蚊子钻到我心里了，痒痒的，还有嗡嗡的声音，只有和女孩子聊天的时候心情才比较舒畅。"

　　母亲笑着告诉他："傻孩子，这叫青春期综合症。你长大了，可以考虑恋爱了。"

　　一星期后，庄周做了个重要的人生选择，他决定用独特的方式找寻意中人。

　　庄周用三天时间编了双精致而又结实的女式草鞋，草鞋非常漂亮，足以使任何穿上它的灰姑娘都变成小公主。庄周做了个"Z"形记号在鞋上。他深信，穿上这双草鞋的姑娘就是他的恋人。

　　没过几天，草鞋被一个满脸皱纹的老太太买走了。

　　庄周很沮丧，心想："老天怎么和我开这么个无趣至极的玩笑，青春少年怎么可能恋爱一张备受时间摧残的脸呢？"

　　接下来的日子，庄周使劲编鞋，拼命读书，想通过这种方式来忘掉那一脸皱纹，在情绪导引下，庄周编的鞋越来越多，懂得的知识也日益渊博，刚刚绽放的爱情幼苗则被暂时压抑起来。

　　这日，庄周像往常一样在村口小木桥上闲逛。几朵浮云呆呆地驻留在天空，晚霞肆意地洒在桥上，河边的老柳树无聊地拨弄着水面，空气显得格外逍遥自在。悠闲的庄周看到了水中宛然入定的一对鱼，他被吸引住了，觉得它们快乐而自由。

　　忽然，桥上传来文雅的脚步声。庄周抬起头，一个女孩正向他走来，脸庞若皎月，肌肤赛冰雪，风姿绰约，仿佛不食人间烟火的仙子下凡。眼神甫一对接，庄周就感觉身体抽动了一下。他下意识瞅了瞅女孩的脚，胸口马上"扑通扑通"跳了起来。女孩脚上赫然就是那双被老妪买走的草鞋。

庄周的眼神聚焦在女孩脚上，一动不动。

"喂，干吗盯我的脚？好没礼貌！"

"我在看鞋，没看脚。姑娘，这双鞋真好看，你穿着很舒服吧。"

"你又不是我，怎么知道我很舒服。"

"你又不是我，怎么知道我不知道你很舒服。"

女孩莞尔一笑，觉得这小伙挺有意思。告诉庄周她叫小莲，鞋是奶奶买给她的生日礼物。

小莲是公认的村花，很多男子都追求过她。只是小莲觉得男子如鞋一样，要好看、实用、温暖，好男人就是最合脚的鞋子，穿上就跟没穿一样。为此，她甚至拒绝了县衙内的求婚。

小木桥相遇之后，庄周和小莲就认识了。庄周经常约小莲看鸟、看书、看月亮。

一次，庄周带着小莲去河边。恰好，水中有对胖鸟在开心地游来游去。

"庄哥哥，那是啥鸟，怎么会游泳？"

"北冥有鱼，其名曰鲲，鲲之浪漫赛过莎士比亚，化而为鸟，一雌一雄，其名为鸳鸯。"

"哦，原来是鸳鸯，它们可真自由，想飞的时候就飞，想洗澡的时候就洗澡。"

这时，两只鸳鸯的脖子交织在了一起，还发出了"咕咕"的声音。

"庄哥哥，他们干嘛呢？"

庄子的传情元鞋获得了真爱。小莲却以为：男子如鞋一样，要好看、使用、温暖，穿上跟没穿一样。这就叫"真爱无鞋"。

"它们很无聊,所以在打KISS。"

"KISS,鸟语吗?什么意思?"

"我来教你。"说着,庄子就很自然地用嘴唇贴住小莲的嘴。

春日河堤畔,秋夜树荫下,两人说不尽的缠绵。庄周觉得自己很幸运,他对草鞋心存感激,在他心中,草鞋成了爱情的象征。

结婚那晚,庄周问小莲:"你第一眼看见我时是什么感觉?"

"就像看到一双可爱的草鞋,很舒服。"

"你觉得我好吗?"

"好,就像合脚的草鞋。温暖,体贴,和谐,穿在脚上就像没穿一样。"

"要不我们马上就试一试草鞋?"

庄周诡异的一笑,随即抱起小莲上了炕,翻滚腾挪起来。

云雨过后,满脸红润的小莲问庄周:"周,你爱我吗?"

"当然"。

"什么程度?"

"爱到无法表达。"

"为什么?"

"得意而忘言了。"

"哪天我老了,你会不会把我当做破鞋一样扔掉?"

"不会,你已成为我至爱,永远悬挂在我最纯洁的角落。"

小莲觉得很幸福。

庄周55岁那年,小莲过世了。

小莲闭上眼睛的刹那,庄周心如刀割。随后几日,庄周就忽而笑,忽而哭,再后来,就笑个不停,敲着脸盆大声唱歌。

庄周有个好朋友叫惠施,知道消息后大老远赶到庄家,本想安慰庄周,见到这副光景,就责骂起来:"庄周啊,庄周,小莲和你夫妻一场,你不哭也罢,反而鼓盆而歌,是何道理?"

庄周一把冲过去,把他的裤带解了下来。

惠施很紧张,说:"干吗,你变态啊?"

庄周有点放肆地笑了起来,大声哼哼起来,"忘了腰,系裤带很舒服;忘了鞋,穿鞋很舒服;忘了爱,爱情很完美。"

惠施发愣了,有点明白又有点糊涂。

此后,庄周每晚都会做梦。刚才,他又梦见了小莲,脸庞灿如满月,和自己一起看鸟;忽然,小莲不见了,化成一园春花,自己则飘了起来,成了翩翩起舞的蝶儿。转眼间,他又成了双草鞋。草鞋的敞口黑洞洞的,黑暗中飘过小莲银铃般的声音……

庄周重新体会到了生命的欢喜和幸运。正微笑呢,草鞋散了,化成稻草随风飘舞,所有幻像都消失了。

"啊"的一声,庄周醒了,耳畔的风正呼呼地吹着口哨,他揉了揉眼睛,门被吹开了,一双破草鞋正在风中晃悠。

如果我真从商，肯定是《福布斯》首富。虽说士、农、工、商中商人地位最下贱，但商人有钱，有钱就有快乐，政治地位低一点又有什么不好呢？越下贱，越容易满足，知足常乐。

给西施妹妹的信

亲爱的夷光：

你好。

或许问候错了，离开爱人怀抱，在仇人怀抱里卖笑，怎么会好呢？

也许你还在埋怨我，为什么要这样，为什么有些男人情愿带绿帽子？

天哪，你千万别这么想，我素来喜欢围巾的，怎么会喜欢帽子呢？尤其是绿帽子，那可是对男人的严重侮辱啊？

你不会那么想的，一切都是我胡思乱想。

这些日子我很难过，仿佛有千百条小蛇咬着我颤动的心，除了疼就是痛。我终于明白你为何会在得知当女间谍的刹那要捧心了。你太难过，你感觉到心摇摇欲坠，所以捧住了它。

夷光，还记得离别那日吗？

你强颜欢笑地安慰我，说："小范哥，别难过，夷光没事，杀人不过碗大个疤，何况是这种事，我担心的是你，你不嫌弃就是了。再说，在祖国的神圣光环下，有什么不是清白无邪的呢？"你的笑比哭还凄凉，天可怜见，你心里承载着多大的委屈和痛楚!

近日,我越发失魂落魄了,似乎坠入了无底的深渊。我很少洗脸,很少吃饭,蓬头垢面的,颜色憔悴,形容枯槁。

今天早上,我试着自己洗衣服,却在水面上走了神,明明看见你靓丽的笑容在水面绽放,伸手触摸时,你却走了,徒然留下荡漾的水面和湿润的双眼。

兴许,我不该如此感伤。古语云,"男儿有泪不轻弹。"但我实在无法自已。我,范蠡,越国相国,一个男人,连心上人都保护不了,还有何颜面见苎萝村的乡亲父老。

先前,我不怨任何人,只怨造化弄人。夫差的铁蹄踏破了越国的宁静, 国将不国, 越国之大竟容不下一张睡觉的床。国破家亡时,人是不能把握自身命运的。就像你我,一对恋人,被无情拆开,如今天各一方,只能通过大雁偷偷摸摸传信,以慰相思之苦。

现在,我很恨文种,觉得他该复姓狗杂才好。他是我所谓的朋友,但正是他造成了我们的离别。狗杂种是出于嫉妒才设"美人计"的,一次酒醉之后他竟涎着脸说:"范蠡,你小子艳福不浅啊,把西施都搞定了。你要看好她,我可是'朋友妻,不客气'哦。"他还对勾践建议:"西施是最佳人选,谁都知道她是越国小姐,全越最漂亮的姑娘。让她去至少有三个好处, 一可以表现越国的诚意, 二可以让夫差彻底沉湎女色,三可以激发全越男人的斗志。"

我也恨我自己,若自私点,执意要求换人,我是有能力把你留下来的。那样你就不会离开我。但天理良心,说我没尽力也是假的,我实在拗不过勾践。

高尚的理想也好，上《福布斯》排行榜也罢，都不如有你伴着去太湖中安营扎寨。

　　勾践语重心长地开导我说，"小范同志，男子汉大丈夫心比山高，胸比海宽。我知道你难过，但西施同志是为国家作牺牲，国家选择她，是她的光荣，也是你的光荣。理论上讲，西施是越国人民的女儿，而不是你一己之西施，她身上承载着全国人民的希望。你千万不要因小我而舍大我。你俩的事情我会适当考虑的，但现在是非常时期，一切都要服从国家需要。你放心，回来后我一定给她记特等功。"

　　你是不在乎特等功的，我知道你决然而去的原因：你爱我胜过爱自己，为了不让我难堪，为了让我成为公众心目中的完人，你义无反顾。

　　然而，我完美了吗？

　　我没有完美，虽然在越国人民心中我很高尚，但我知道我是残缺的。没有你，我的心、我的身永远是残缺的。没有你，范蠡什么都不是！

　　如今，我对于当官也腻烦了。尤其是发现勾践真面目后，更为自己感到不值。近日，勾践正变得越来越阴险越来越变态。他居然睡在破草席上，上面挂个苦胆，每晚临睡前都去舔一下，美其名曰：卧薪尝胆。还安排画师将这个场景画下来，用以提振民心。

　　其实，这一切都是伪装的，我亲眼看到他在苦胆上涂蜂蜜。

　　勾践每一步都是有预谋的，他可以不择手段地达到目的。只是，他把目的粉饰得太过崇高而让大家忽略了手段的卑劣。前些日子，他给吴国送了几百石粮食种子，全都在锅里煮过的。他这是存心害吴国人民，可以想见，明年吴国会出现的多大的饥荒和灾难。

和这样的领导在一起，我的心寒至冰点，咱俩不过是他复国大业的工具而已，天知道打败吴国后他会怎样待我们。

我已经想好了，把夫差办完后，就和勾践沙扬娜拉，让他永远找不到我。当然，你现在不要多想，多保重身体，一切由我安排。

夷光，你是否还记得咱们初见面时的情景？

那日，你光着秀气的脚丫在浣纱溪畔洗衣服，样子可爱极了，水中的鱼儿羞涩地沉入水中，你的艳光丽影让它们自惭形秽。我从未见过你这样天生丽质的姑娘，情不自禁地指着水中的莲花，轻轻吟诵："最是那低头的温柔，恰似水莲花不胜凉风的娇羞。"

你盈盈一笑，绚烂的笑靥制造了令人沉醉的酒窝。

你用轻柔的声音怯怯地说："大哥哥，我喜欢你这样比喻我，直截了当又富有诗意。"

我们相识，继而恋爱，一切都是那么自然，正所谓"金风玉露一相逢，便胜却人间无数"。

你自是个单纯女子，从不怀疑别人有什么阴谋。你也很刚烈，上次收到来信，我从信里读到了一个结着丁香般愁怨的姑娘，你说好想有对自由的翅膀，飞到我的身旁。你又说你很烦恼，打算割掉夫差那个老鬼的小鸟。我不怀疑你可以办到这点，但我们已经熬了这么久了，千万别为了泄一时之愤而功亏一篑。想想看，我们还有幸福的未来，你一定要忍。要知道，越接近胜利就越危险，人就得越谨慎。

想到胜利的曙光就在面前，我的身体就有装不下的喜

悦。等咱俩相会后,我就辞官归隐,再也不去理会勾心斗角的政治,再也不去关心人类,我只想你和粮食。

我跟着名经济学家计然学过经济学,对勤劳致富充满信心。我想,如果我真的从商,肯定是《福布斯》首富。虽说士、农、工、商中商人地位最下贱,但商人有钱,有钱就有快乐,政治地位低点有什么关系呢?越下贱,越容易满足,知足常乐,人活着不就图快乐吗?

夷光,我郑重向你许诺,赚足钱之后,我就带你去看宽广的太湖,在湖中的小岛上安营扎寨,划划船、发发呆、数数星星、晒晒太阳、吃吃银鱼、生生小孩……我要疼你、爱你,照顾你一辈子。

祝:身体健康

想你的蠡
公元前某年七月初七夜

阿房的死给赢政心头留下了抹不去的伤疤。他有了桃花情结，无论幸福或忧伤，眼前都是纷飞的红色，对他而言，桃花既是自由的恋爱，又是无奈的终结。

桃花、自由和阿房宫

长大后，赢政一直怀念少时在赵国当人质的经历。

老爸在赢政很小的时候就把他送到赵国作人质。正因为此，他在政治上很早熟。很小的时候就明白不能轻易相信人，包括最亲近的人，幼小的心灵也种下了不信任的种子。事实上，多疑的个性也救了他一命。在荆轲图穷匕现前，他就有了预感，这让他躲匕首时快了千分之一秒。

虽然对整个世界充满怀疑，但赢政平生还是相信过一个人。她是他的初恋，他对她敞开心扉，没丝毫戒心。遗憾的是，唯一一次信任也撞上了骗局。

那个姑娘名叫阿房。

赢政遇到她是在阳春三月，宫里的桃花开得很绚烂，映红了整个宫城，窗纸都成了绯色。那日阳光很好，赢政办公累了，想放松一下，就去后花园散步了。

就在他伸着懒腰深呼吸的时候，一个绿色身影从不远处轻灵地跃入他的眼帘。她伫立在繁盛如云的桃林，用细巧的手指抚弄花瓣。粉墙绿树下，婀娜曼妙的身段恰如明媚的飞霞，流动着撩人的诱惑。

赢政被她的身影感动了，进而有了犯罪冲动。他轻轻走

过去,看清了女孩的脸。那是张无可挑剔的脸庞,只能用完美二字来形容,尤其是那双湿润清凉的眼睛,澄明极了,没有一丝云翳。更令他怦然心动的是绿色长袍下露出的那角粉红色内衣,绝美的纯洁,极至的魅惑。

层层叠叠的绿叶衬着千树万树桃花,千树万树桃花衬着一张灿烂的脸。

嬴政被这烂漫景致击中了,心底情不自禁地涌出无数喜悦和自由,甚而觉得整个天空都被这大喜悦和大自由照得更明亮了。

嬴政很激动,但又怕唐突佳人,压抑住沸腾的激情后,嬴政小心低吟:"小鸟在叫,桃花正笑,窈窕淑女,天子好逑。"

女孩瞄了一眼嬴政,清笑着说:"灼灼其华,桃之夭夭。"随后就像阵风一样消失在桃林深处。

大概一个月左右,男人嬴政在白天再没见过那个女孩。只有在晚上脑袋沾上枕头的时候,才会梦见那份桃李风前的妩媚和风姿。为此,他甚至爱上了睡觉。

很快到了人间四月天,嬴政带着失望的单相思来到后花园,希冀再次见到绿衣女郎。四月的桃花已经凋零,留下几缕残红,冷清地挂在枝头。地上像是涂满了胭脂,殷红一片。

就在红色的疏影中,嬴政瞥见了绿色的精灵。

她正在葬花,用一把小刀使劲掘泥。边葬花,边喃喃自语:"花谢花飞花满天,红消香断有谁怜?试看春残花渐落,便是红颜老死时。一朝春尽红颜老,花落人亡两不知!"

赢政听得痴了,卸下腰间的宝剑帮姑娘葬花。

葬完之后,女孩自顾自走了。

赢政很难过,呼吸有点急促,脸有点发热。他不想再和这朝思暮想的美丽擦肩而过。懵懂中,他猛然想起自己是皇帝,他不顾一切地追了上去,痴痴地问:"姑娘,能否告知芳名?"

"我叫阿房。"

姑娘轻声回答,继续视而不见。

赢政再也忍不住了,一把抓住女孩胳膊,朗声道:"姑娘,你好,我是秦国的王,我已经爱上了你,你可以和我共同分享一项伟大的事业。"

一个星期后的某个晚上,赢政和姑娘发生了关系,他真正体验到了爱情沸点,那是种灼热而湿润的幸福……

清晨,赢政在阳光催促下醒了。看着被单上的几块暗红,他非常快乐,在毛厕里大唱:"在那桃花盛开的地方……"

赢政想把阿房封为贵妃,太后不赞成,因为阿房来历不明。赢政很为难,再三考虑,他还是决定纳阿房为贵妃,让其享受皇后待遇。他是秦国的王,他已经长大,能够判断什么是自己真正想要的。他生性喜欢自由,何况这是他有生以来第一次自由恋爱。

赢政选了个黄道吉日的早朝把阿房介绍给朝臣,他向大臣们大声宣布:"这是我的第二个老婆,她叫阿房。"

群臣们都离他有很长一段距离,没听清楚,以为赢政说:"这是我第二个老婆,她叫二房。"回家后纷纷仿效,把小

老婆称为二房,举国上下纷纷效仿,这也是二房的由来。

一眨眼到了落叶缤纷的秋季,几个月里嬴政和阿房姑娘相亲相爱,甚是快乐。不过,阿房的眼睛里却总蒙着层惘然的忧郁,嬴政几次问她,她总说:"大王,阿房没事,你忙你的吧。"

听她这么一说,嬴政也就没在意。

说没事并不意味着真没事。

这日,嬴政照例和阿房睡在一起。早上起床时,他感觉手边湿漉漉的,朦胧中觉得自己可能尿床了,睁眼一看,他惊呆了。满床都是鲜红的血,还略微带着温热的气息。阿房倒在枕边,血还在汩汩地流,她左手拿剑,右手攥着白布,布面写满了娟秀的字:

亲爱的政,原谅我就此向你告别,我不值得你去爱,我是赵国人,也就是河南人。赵王将我送到咸阳是为了让我有机会刺杀你。本来约定中秋之日取你性命,但随着时间流逝,我发现我越来越不能完成任务。我爱上了你,我从没体验过爱,但那种排山倒海般的幸福我感觉得到。我无从下手,那份牵挂和惦念死死缠绕着我。我倒真愿意自己是草木,因为草木无情。但生而为人,就勘不破一个"情"字。我无可救药地爱上了你,又不能背叛祖国,所以,我只能自杀。

政,原谅我,原谅我不辞而别。今世我们已经相识,愿你记得我的模样,来世我们再认认真真地做夫妻,生生世世,永不分离。阿房绝笔!

读罢此信，赢政顿觉一股冰冷穿透心脏，随即天旋地转，脑子一片空白。恍惚中血色床单幻化为满园桃花，随风乱舞，耳际则飘来了阿房轻灵而又忧伤的歌声。"一朝春尽红颜老，花落人亡两不知……"

歌声像闪电一样劈中了赢政的神经，他晕了过去。

阿房的死给赢政心头留下了抹不去的伤疤。他有了桃花情结，无论幸福或忧伤，眼前都是纷飞的红色，对他而言，桃花既是自由的恋爱，又是无奈的终结。

阿房死后五年，赢政爱上了打仗。他觉得打仗是在维护正义，是君主天经地义的职业。某些国家的统治者本来就不好，尤其是燕国、赵国和楚国，还派恐怖分子来刺杀自己，这样的流氓国家难道不应该去征服？魏国、韩国、齐国固然不是流氓国家，但他们国家的法治环境实在太差了，政治清明的秦国难道不应该去解救？

赢政喜欢血战沙场的场景，因为那像极了桃花盛开的样子。尽管"桃花落处，寸草不生"的情状有点凄凉，但他深信流血是必须的，自由不是"免费的午餐"，短暂的痛苦换长久的自由终究是值得的。鲜血换自由是个笨办法，但若有强力支持往往最有效。

除了武力，赢政还推崇利益。他相信："有钱能使鬼推磨"。所以，他也会对敌人采取胡萝卜政策。

在大棒和萝卜的双重压力下，"六国毕，四海一"，赢政成了秦始皇。

天下一统后，秦朝没了对手，赢政觉得很孤独，也很空虚。他开始想念阿房。

在剑和心之间，阿房选择了心。但这心是用生命作代价的。这代价在赢政心头上留下了抹不去的伤疤。

　　按理说,他有足够多的女人,足够多的财富。但他还是想着阿房,她的穿着,她的容颜,她的声音,尤其是沉睡时分,"人面桃花相映红"的美丽邂逅总会在梦中定时出现。

　　随着时间推移,思念一天天浓重起来。

　　嬴政决定用最隆重的方式缅怀阿房,祭奠那份红色的爱情。他让人造了最奢华、最浪漫、面积最广的宫殿,命名为"阿房宫"。阿房宫里种满了桃花,按照阿房姑娘平时穿衣服的式样做了上万件衣服,从全国挑选来的万千美女都穿着那样的衣服。嬴政想通过这种方式来寻找阿房的影子,只是"桃花依旧,人面难寻",昔日的感觉再也无法追回了。

　　嬴政终于明白,他内心最需要的是爱,只是他不小心把它永远弄丢了。

　　嬴政最后死在了路上。临死时,江山、皇后、财富甚至太子都没在他脑中浮现。他只看到一个细微的红点出现在湛蓝的天空,红点逐渐扩大,幻化为片片飘落的花瓣,凝聚成朵朵明丽的桃花。一团团粉红的间隙中,巧笑倩兮的阿房出现了,朝霞般明媚的笑容洒在他脸上,也撒在大秦帝国的每个角落。

　　嬴政笑了,欣慰地闭上了眼睛。那一刻,他觉得世界是红色的。

琴声搅动了文君的思绪，脉脉春情从干涸已久的心灵肆意蔓延出来。眼前这个男人丰神逸彩、高大威猛，真是世间少有的美男，若能与他结为秦晋之好，也就不辜负了这一生了。可是，斯人真是为自己弹奏吗？

米老鼠是怎样炼成的

28岁的大龄青年司马相如还没找到对象。按理说，他有理想，有文化，有品位，有相貌，还玩得手好琴，是个比较完美的女性用品，应该能在婚姻市场上走俏。

问题还是出在相如自身，他认为青年正是建功立业的大好年龄，一旦结婚会牵制很多时间和精力，成本太高。渐渐地，他28岁了，除了略有文名外，顶子、银子、妻子、儿子，一"子"未成。

由于经济不景气，京城就业形势严峻，相如回到成都老家。

成都是个优哉优哉的城市，生活节奏像蜗牛一样迟缓。没呆几天，相如就闲不住了。他志存高远，觉得自己若一直在这个城市生活，与慢性自杀无异。

一个月后，司马相如去了临邛，儿时玩伴王吉在那儿当县令，邀请他去散心。

王吉知道相如才华横溢，对其遭遇也略知一二：当过皇上卫士，和皇亲国戚交情不浅，因忙于事业而至今"单钓"。王吉打算帮相如一把，反复考虑后，临邛大亨卓王孙的女儿

跃入了他的脑海。

卓王孙是钢铁大王，主营炼铁业务，产品销路不错，有卖给政府的，也有卖给民间的，还有出口到国外的，生意做得很红火。卓王孙喜欢亮闪闪的东西，月光、荣誉和银子。

谁也说不清卓王孙究竟有多少家当，但据好事者统计，其财富总额约抵白银200万两，在四川富人排行榜上列首位。

卓王孙有个女儿叫卓文君，年方二八，肤如凝脂，脸若桃花，遗憾的是年纪轻轻就已守寡，如今重返娘家，再度待字闺中。

按理说，卓文君是婚姻市场二手货，但因年轻美貌外加富爸爸的缘故，依然是男人眼中的紧俏货。用临邛人的话来说，娶到卓文君好比"老鼠落入米缸里"。

不过，"米老鼠"不是谁都能当的，卓小姐择偶标准很高，要求才貌双全、身强体壮，还要通音律，何况，卓王孙还要求门当户对。

在王吉看来，相如非常符合卓文君的标准，体健貌端，才华出众，精通琴棋书画。假使经过宣传推广，并且以最佳包装出现，应能成其好事。所以，相如一到，王吉就把想法和他说了。

相如倒不贪恋财富，以他的天性，甚至讨厌金钱。他觉得正是钱把很多东西简单化了，善和恶、黑与白、爱和性、痛苦和喜悦……

不过，相如还是决定去尝试一下。主要是卓文君被描述得风华绝代、貌若神人，让他怦然心动。再说，他也老大不小了,眼下也需要钱,有这样一个财色兼收的机会,何乐而不为呢?

经过认真研究,相如伙同王吉制定了针对卓氏家族的"偷天陷阱"计划。

实行计划首日,王吉带相如去了临邛最好的服装店,用最好的衣料给相如定做了三套华贵的衣服。

以下是两人在衣店发生的对话:

"干吗要这么贵的衣服,我的气质不是很好吗?"

"人要衣服马配鞍,衣服是个人身份地位的象征,人家一看就知道你的阶层。"

"五十两,我有些舍不得。"

"要舍得才好,去商人圈子混一定要舍得。舍是成本,得是回报,付出才有回报。相信我,没错的。若是没钱,我可以赞助你。"

"行,试试看吧。"

几天后,临邛县多了个翩翩公子,嘴边总是带着优雅的轻笑,乘着最名贵的车马,华衣锦服,出入高档酒肆和茶馆,县令王吉则鞍前马后为其效劳。

蹊跷的是,华服公子不怎么领县太爷情,对其随意吆喝。

老百姓们很奇怪,纷纷揣测贵客的身份:

"此人气质高雅,出手不凡,来头肯定不小,否则王县令怎会如此低三下四巴结他?"渐渐地,传说多了起来,人们隐约知道此人名叫司马相如,还和皇上沾亲带故。

"一传十,十传百",数日内相如就成了临邛县闻人。大

街小巷甚至飘出了清脆的童谣,"娶妻当如卓文君,嫁人要嫁司马郎"。

市场的轰动效果让王吉和相如很是高兴,前期炒作大获成功,计划就可以顺利实施了。

相如的大名也传到了卓王孙耳中,他虽是民营企业家,但深知大人物的重要性。逢年过节,他总要拜会县里省里的头头脑脑,送送礼物,拉拉关系。在他看来,官员们都是良好的中长期投资品种,投资、交易,最后带来利润。如今,一个和皇帝有关的贵人就在身边,他当然不想错过这笔大生意。

凭着良好的私人关系,卓王孙找到王吉,希望县令无论如何帮他宴请一下司马相如。王吉假装很为难的样子,没给他明确答复,只是说:"我试试看吧。"

过了好几日,王吉给卓王孙捎去口信,说司马相如同意在百忙之中接受邀请。卓王孙非常高兴,吩咐下人认真筹备宴会。

宴会的日子到了,卓府上下张灯结彩,宾朋满座,热闹非凡。中午,相如没出现,卓王孙胸口不停打鼓。下午,相如依然没现身,卓王孙头上不停冒汗,心想:"原本想请司马相如给自己长脸的,没想到他架子那么大,要真不来,脸可丢大了。"

客人们吃完午饭后都没走,就在卓府喝茶聊天。有等着看贵人的,也有等着看卓王孙笑话的。

就在晚饭开始时,司马相如终于在王吉陪伴下闪亮登场,客人们纷纷鼓掌欢迎。

"京城来的就是不一样啊!""嗯,气度不凡,听说还是皇上贴身卫士呢。""是皇帝的亲戚吧？"众议纷纷。

相如镇定自若,客套一番后即正式入座。

宴会开始了。司马相如很少说话,很少有表情,菜也是浅尝辄止。无论回答问题,还是与人寒暄,总是"嗯,啊"的语气,众人越发觉得这个年轻人深不可测。

酒过三巡,王吉站了起来,红着脸朗声道:"司马公子学问渊博,文学造诣也深,和我们这些草野村夫在一起,自然没有共同语言。不过,我知道司马先生弹得一手好琴,不如请他奏一曲,让我们饱饱耳福。大家说,好不好？"

"好"。客人们异口同声。

话音刚落,一把上好古琴端了上来。相如谦虚了一下,挽起衣袖,深吸一口气,只见他气定神闲,清瘦的十指在琴弦潇洒地掠过,优美的琴声也随之响起。

音乐是由情而生的语言,《乐记》说:"凡音者,生于人心,情动于中,故形于声,声成文,谓之音。"懂音律者可以"听弦歌而知雅意",被称为知音。不懂音乐者虽能聆听曲调,弦外之音却理解不了。

对客人们来说,相如的音乐就如同鸟语,好听但不好懂。不过,有人听懂了相如的琴声。她就是躲在屏风后的卓文君。

"姑娘,你千万别忧伤,意中人就在身旁。姑娘,你千万别忧伤,我愿作你的情郎。姑娘,我是爱的麦芒,偶尔刺在了你的心上。姑娘,我们是恩爱的凤凰,在蓝天比翼飞翔。"

琴声搅动了文君的思绪,脉脉春情从干涸已久的心灵肆意蔓延出来,她心想:眼前的男子丰神逸彩、高大威猛,是

世间少有的美男,难得又是如此儒雅风流,精通音律,若能与他结为秦晋之好,也就不辜负此生了。可是,斯人真是为自己弹奏吗?

正当她迷惘时,琴音忽然变了:"我会娶多愁善感的你,我安慰爱哭的你,我把你的长发盘起,我让你再披上嫁衣……"

卓文君这下确信无疑,迅速拨弄了几下瑶琴。

声音传到了大厅,所有人都很奇怪。但相如懂了,屏风后的女人回复了明确的信息:会不会是爱情来了,为甚么开始不骄傲,让你说爱我好不好,我的世界只剩这一秒。

接着文君的琴声,相如又奏一曲:"你问我爱你有多深,我爱你有几分,我的心也真,我的情也深,月亮代表我的心。"

文君听了心花怒放,马上又回一曲:"就这样被你征服,切断了所有退路,我的心情是坚固,我的决定是糊涂。"

听闻此曲,相如知道卓小姐已完全被打动。但他也明白,感情这个玩意很奇怪,无缘无故燃烧,无缘无故熄灭。时过境迁,就会发生变化。因此,他决定趁热打铁。

回家后,相如迅速写了封简短的情书,总共二十八个字:小姐,我想我爱上你了,今晚10点在县衙门外大柳树下碰面,不见不散。末尾他龙飞凤舞的签下大名——司马相如。

从丫环手中收到情书时,离宴会结束还没两个时辰。卓文君还在琴声中咀嚼快乐。她没想到幸福会如此突兀地降临,从未有过的兴奋让她疯狂,她没法作决定了,只知道今晚肯定要去。

准10点,相如见到了传说中的卓文君,袅袅婷婷,花容姣姣,比想象的还要胜几分。月亮下,县衙外,大树边,小草上面有悉悉索索的声响,两颗年轻的心灵在激烈碰撞,爱的火花让天上的星星都害羞地躲进云层。

两人在花前月下卿卿我我了很长时间,文君完全陶醉了。相如不失时机地提议说,"文君,咱们私奔吧,你会幸福的。"

说这句话时,相如很紧张。他其实也希望用"小火炖牛肉"的方式来进行这段爱情,然后明媒正娶。但他也知道一旦事情败露,卓家肯定不同意亲事,只有先私奔再说。

司马相如的策略思维:

1.文君同意私奔,其父默认,财色双收(100)	2.卓文君同意私奔,其父不允,有色无财(50)
3.不和卓文君私奔,财色两空(0)	4.卓文君不同意私奔,财色两空(0)

卓文君从没想过自己会跟"私奔"沾边,但面对相如这等奇货可居的男人,私奔显得特别有诱惑力。爱的名义下,条条道路通幸福,私奔也是。只要结果美好,过程又算什么呢? 这样一想,文君就豁出去了。

一个星期后,成都司马相如家中多了个美女。一个月后,卓文君脸上有了愁容。她发现丈夫并不富裕,还整天无所事事。

卓文君忍不住问相如,"相公,你有多少储蓄?"

"物质上讲,只有一袋大米,但精神上来说我有很多,有你在我身边,我就是全世界最富有的人。"

"你有固定工作吗？"

"暂时没有，当年我是皇帝的卫士，公侯的谋士。"

"这么说，你现在是无业游民？"

"可以这么说，但山不转水转，水不转人转，所以我对未来很乐观。"

听相如这么一说，卓文君可乐观不起来，坠入穷困已经够不幸了，如若现实点总还有改变命运的机会，但穷而浪漫就可悲了，毕竟"贫贱夫妻百事哀"。怎么办呢？

离开相如？这意味着爱情的再次失败。回去找父亲，父亲会原谅她吗？父亲非常爱面子，私奔事件给卓家造成了很大的负面影响。他宣称和自己断绝关系。但是，血肉亲情真断得了吗？父亲是刀子嘴菩萨心，对素不相识的灾区人民都会大笔捐款，何况亲生女儿？左思右想，文君陷入沉思。

卓文君的策略思维：

1.离开相如，父亲不原谅(失爱情亲情)0	2.离开相如，父亲原谅(失爱情得亲情)50
3.不离开相如，父亲不原谅(得爱情失亲情)50	4.不离开相如，父亲原谅(得爱情和亲情)100

细细思量后，卓文君决定不离开相如，这样至少还有爱情。在获得爱情的前提下再去争取父亲原谅。她把想法和相如坦率说了，相如同意文君的想法。认真商量后，两人制定了周密的计划，代号"夺宝奇兵"。

不几日，临邛县城里开了家如君酒店。老板是曾经在县里掀起过波澜的司马相如和卓文君，取名既蕴涵了两个人的名字也有如意郎君的寓意。据说，开店本钱是两人向县令王吉借的。

年轻貌美的阔小姐做酒店老板娘在临邛是个新鲜事，况且阔小姐还是首富的女儿，这就更令人好奇了；再加上司马相如昔日的明星效应，大家就越发关注如君酒店了。

开张首日，客人络绎不绝，一方面是看新鲜，另一方面是想一睹俊男靓女的风采。

卓文君倒真有商人的遗传基因，吆喝起来挺像回事："嗨，司马家祖传酿酒密方，喝了之后，身体健康，脸色红润。来啊，今年临邛不喝酒，喝酒只喝司马酒。"

司马相如也不含糊，上身穿长衫，下身穿着大裤衩，来回招呼客人。

不几日，临邛县城里又多了很多童谣："今年临邛不喝酒，喝酒只喝司马酒。"大街小巷的男人也学着司马相如的样子下身穿大裤衩上身穿长衫，因为相如那样穿显得很性感，很招女人喜爱。

喜爱归喜爱，不少人对这双金童玉女还是议论纷纷。保守人士更是反映激烈，认为大家闺秀抛头露面有伤风化，读书人穿大裤衩有辱斯文。

不过，也有同情相如和文君的，他们把矛头指向了卓王孙，有批评他教女无方的，有说他六亲不认的，有指责他唯利是图的，还有怀疑他资金链出问题的。精明的赌博公司更是开出了父女是否相认的赔率。

卓氏父女和司马相如再次成为了临邛的热点话题。

看着这种状况的出现，卓文君心中暗喜。她太了解父亲

了。父亲爱面子,宣布和她断绝关系是因为面子。如今面子丢大了,以他的思维,肯定是两害相权取其轻,不会听任自己继续卖酒的。

事情的发展证实了卓文君的推断。

听到街上的童谣和闲言碎语,卓王孙坐不住了,出现在公开场合的次数也少了,因为总有人指着他交头接耳。更让他不安的是那些商业伙伴,他们以卓文君沦落到开酒店为由推断他资金方面有问题,生意大受影响。

思前想后,卓王孙想通了。原本,他是把女儿当生意来做的。门当户对是正常的商业逻辑,至少不会亏损。虽然现在看来这笔生意是亏了,但长期就很难说了。从纯商业角度来讲,自己是资本家,司马相如则既是姿本家又是知本家,可以充分利用智力和姿色获得卓文君的身心,得到他的承认。既然此人可以从他这个首富身上大赚一票,保不定以后还会飞黄腾达,自己还可以沾他的光呢。私奔嘛,无非通过没有合同的交易对婚姻进行提前消费,现在承认就等于补签合同,也没啥大不了。再说,认回女儿还可以消除很多不利传闻,减少生意和道德上的损失,为什么不这样做呢?

卓王孙的策略思维:

1.认女婿,司马相如没出息,有利减少对生意的不良现象但是给女婿占了便宜。	2.认女婿,司马相如日后出人头地,有利减少对生意的不良现象,还可以沾女婿的光。
3. 不认女婿,司马相如没出息,陪了女儿又陪生意。	4.不认女婿,司马相如日后出人头地,陪了女儿陪了生意还沾不了光。

于是,卓王孙带着很多仆人亲自赶到如君酒店,先是和女儿女婿友好地喝了一碗酒,然后用轿子把小夫妻俩抬回家,把酒店交给下人打理。

又过了几日,卓王孙补办了卓文君的婚礼。结婚当日,宴请了临邛县所有名流,宣布司马相如正式成为卓家女婿。不仅如此,他还让人在临邛县城的公告栏里张贴女儿结婚的消息,广而告之。

婚后的卓文君很开心,因为"夺宝奇兵计划"顺利完成。司马相如也很高兴,因为"偷心计划"功德圆满。

眼前的姑娘妙不可言：脸庞清丽脱俗，湿热的唇和透明的眼睛都在跳动，美丽的头发像燃烧的朝霞，轻盈的身体则言说着骄傲的青春。

画　魂

长安城的秋来得特别早，刚过中秋，天气就凉了许多。王昭君静静站在井栏边，天边是一轮清朗的月，空气中弥漫着浓郁的桂花香。不过，心事重重的她已无心去品，倒是两行垂露般的清泪在月光下顺着洁润的脸滑落下来。

不远处传来断断续续的敲更声，打断了她的沉思。望着灰色的宅院，昭君思绪万端：明天就是选秀的日子，不知道入宫后究竟是怎样的命运。

微风拂面，昭君感到一阵凉意，转身向屋内走去。这时，月亮躲进了云层，只留下铜门环在风中叮当作响。

清晨，踩着蘸满露水的石阶，昭君被领进皇宫。

汉元帝很忙，一个叫毛延寿的青年来替他挑选。将漂亮少女画成像，呈送给他，元帝相信毛的眼光。

昭君是第七个进入画室的少女。她有点忐忑不安，虽然天生丽质，但画像多少关乎到前程，昭君脸上泛出了紧张的潮红。

毛延寿的眼圈黑黑的，长时间作画让他有点疲惫。他扭了扭脖颈，瞥见了走进画室的女子。刹那间，他的心狂跳起来，像是被艳丽的阳光撩拨了一下。眼前的姑娘妙不可言：

清丽的脸庞犹如芙蓉初发,湿热的唇宛若滴露樱桃,美丽的头发像燃烧的朝霞,湿亮的眼睛澈似水晶,轻盈的身体则言说着诱惑的青春。

毛延寿觉得脸颊在发烧,眼睛在冒火,体内有股无法驾驭的力量在翻滚。他很想拥有这个美丽女子,但他只是为皇帝选美的普通画师,再炽烈的渴望也只是荒诞的幻想。

经过一段窒息般的静默后,毛延寿拿起笔,开始一笔一画勾勒。许久,画出来了。他没敢多看这幅画一眼,因为画上流动着不安,每根线条都充满了兽性的僵硬和冲动。

画交上去后,毛延寿有点恐慌。他是本朝最年轻的素描大师,但刚才的画大失水准,这个绝色少女的美丽没被完全展现。不过,恐慌同时他又感到莫名的快意。

走出画室,昭君很茫然,前途于她像是布满雾霭的交叉小径。

第二天,昭君就有了答案。宫人七转八弯地将她带到一个屋子,地上长了很多青苔,家具上积满了灰尘,窗棂间散落着蛛网,空气中还有几丝令人厌恶的霉味。显然,这地方少有人来,她被发落到了冷宫。

冷冷的屋,冷冷的院落,还有个眼色冷白的老宫女。

老宫女对昭君说:入宫门就似掷骰子,谁都希望掷出来就是自己想要的,但结果往往相反,只有少数命好的人才能如愿。

昭君心有不甘,毕竟她还那么生机勃勃,丰满炙热的身体上,每个器官都充满着舒展的欲望。但她也明白,进宫是自己选择的,凄冷也好,宠爱也好,都是选择的一部分。

王昭君的美丽不在画面,而在毛延寿和元帝的心中。魂兮,归去吧……谁知道王昭君究竟是什么模样!

春去秋来，一晃就是十年。昭君的记忆里只有秋天。每当夜深沉、心孤闷之际，她就忧虑不已，尤其是寒气四溢的季节，孤独裹挟着忧伤和幽怨向她袭来，挑动内心的凄楚上下跳跃，让她泪流满面。

好在有琵琶解忧，可以"桂花疏影里，抚琴到天明"。昭君觉得乐声和歌声是她的语言，从寂寞的心房飘出，飘向不知所终的夜空，言说着她的绝世姿容和寂寥芳心。她希望有人能听懂她的心声，读出她的容貌。

第十年秋天如期而至。

这晚，天空悬着一弯冷月，寂静荒寒的庭院里空空荡荡的，昭君孑然而立，秋风瑟瑟，吹动怀中的琵琶，漏出几缕弦音钻入骨骼和血液，似凄雨又似冷风。

昭君有点酸楚，弹起琵琶，低声吟唱着幽咽的曲子，清远的弦音和女声飘浮在寂寥的夜空里。

"叭，叭，叭"，一阵脚步声扰乱了寂静，花园里闯入了一个华姿威仪的男子，他用温柔的眼神注视昭君，呆站良久。显然，他不相信世间竟有如此美女。

一夜缱绻，昭君成了明妃。元帝开始追究毛延寿的罪责，正是他的渎职使得明妃蒙尘，险些成为落花和枯草。

奉旨去毛延寿家的太监和武士回来报告元帝，毛延寿十年前就疯了，如今披头散发，整日在家中画画，画了数不清的女人，嘴中不停地疯言乱语："像吗？漂亮吗？"不时又呵呵傻笑。

闻此，元帝挥了挥手，说："天意如此，由他去吧。"

昭君在汉宫渐得恩宠，她感觉命运对她还是不薄，十年冷清的等待换来了温暖的幸福,这温暖融化了多年孤苦。

流水落花春去也,又是一年秋天。

这日,秋风萧瑟,凉意袭人。元帝退朝特别早,来到昭君宫中。眉头紧蹙,眼里噙着泪花,一坐下就捶胸顿足:"我无能,我无能啊,我哪像大汉天子啊!"

昭君忙问其故,方知此事与己有关。

前些日子,疯画师毛延寿在街上疯狂丢画,数也数不清,画的都是昭君,一边扔一边兴奋地喊:"哈哈,动了,笑了,飞起来了,掉下来了,哈,哈,哈!"

长安的大街小巷都散落着昭君的画像。

恰巧,匈奴使者从街上路过,捡到一张,惊为天人。回去后,使者把画像献给单于,单于怦然心动,就派了使者和军队到长安求婚。

早朝时,倨傲的匈奴使者在金銮殿上扬言,"若不应允,三日之内单于即挥师南下,定让天地变色,草木含悲。"

面对飞扬跋扈的使者,群臣战战兢兢,无人请战。相反,很多大臣进言元帝,"陛下应以国事为重,切莫沉湎女色,为昭君一人而使天下百姓蒙受兵灾,非仁君所为也。"

元帝深爱昭君,自然不愿割爱,在朝堂左右为难,就早早退朝了。

听完叙述,昭君的心冷了半截,十年创伤刚刚抚平,噩运又再次降临。但这次不同,她心中已容不下任何男人了。况且,还要离开故国,这是一条望不到任何希望的道路。昭君希望元帝能够留下她,但元帝很懦弱,根本无力改变现实,她只能坦然接受。不过,这怪不得别人,是她自己选择入

宫的,所有意外和变故她都得有勇气独自承受。

昭君对元帝说:"臣妾不想离开陛下,但为了大汉江山,臣妾愿意和番,以息刀兵!"

从个人意愿出发,元帝甚至不想要皇位,但他是皇帝,担负着社稷兴亡的重任。所以,尽管有十万个不愿意,他也只能用皇帝逻辑行事。弱国无外交,谁让大汉势微力薄呢?

于是,元帝紧紧抱住心爱的女人,泪水唰唰地流了下来。

长安城外,草已添黄。灞陵桥上,秋凉如水。元帝为昭君送行。他给昭君罩上外套,顺手折下一枝在风中飘摇的败柳,递给昭君。皇帝的眼眶有点湿润,他明白,夕阳西下,心上人从此在天涯。

桥头上,使者欣喜地领过昭君,转过马,粗犷地吆喝着,消失在地平线上。

灞河边,好事的人们围着个溺死的男人,是疯画师毛延寿。据说临死前他在放用昭君头像做的风筝,不知怎的,风筝断了线,飘飘洒洒坠入灞水。毛延寿想把风筝捞上来,不慎失足落水。

古道西风,几只老鸦嘶哑地掠过天空。

苍穹下,昭君骑着马行走在戈壁滩上,右边是悬崖绝壁,风中飘来声声寂寥的驼铃,多年前进入画室的感觉又浮现在脑中:她要去一个陌生的地方,一个没有丝毫希望的地方。汉宫秋月,寂寞愁人,回廊和纱窗在脑中一一呈现,多年的郁积此时在她胸中涌涨、翻滚,她猛地将马头向右一转,踢了脚马肚,马儿纵身一跃,堕向了深渊……

空气中传来了一声凄然长笑。

举报:据吴聊仁教授多方考证,昭君的传说其实是个骗局。事实上,昭君长得非常难看,小眼睛,高颧骨,脸上还有很多雀斑,因此被打入冷宫。碰巧匈奴单于求婚,汉元帝就把昭君给使者挑选,因为文化差异,匈奴使者觉得昭君是个绝色佳人,点名让她出塞。元帝乐得做顺水人情,命文臣们纷纷写文章吹捧昭君的美貌,以让匈奴铭感恩德。终于,昭君被越描越美,挤入四大美女之列。

至于毛延寿,实在太迂腐,没有领会政治意图,居然说昭君其实很丑,就落得个抛入河中的下场。他的罪名就是将昭君画丑了,致使明珠暗投,让元帝错过佳人,空自嗟吁。

就这样,毛延寿也成了昭君美丽的有力佐证,故事越来越圆满了。

举报之举报:另据郑点教授研究发现,昭君的故事事实上是这样的:王昭君是个普通宫女,通过正常程序选入了皇宫,也没什么毛延寿将他画丑的说法。碰巧遇到匈奴单于求亲,因为汉朝公主没人愿意嫁到边远地方,因此元帝就从宫女当中选了昭君做干女儿封为公主,于是,宫女王昭君就背负着政治使命去和番了,还为单于生儿育女,直到死也没有回来。

不过,郑点教授说,还没足够证据显示他的解释就是对的,他说:"历史故事里的事说是就是,说不是就不是,最重要的就是要明白讲故事人的立场和诉求,讲故事人会按照立场和诉求把故事说圆满,真实与否就不那么重要了。"(仅供参考)

我只有想象，只有在想象中，生命才会幸福地呻吟。我也爱上了睡觉，我希望沉沉地睡去，在梦中找到她，找到久违的激情，找到身心被涤荡的大欢喜。

长 恨 歌

诗人白居易的《长恨歌》里，记载着我的爱情，诗里的讽喻，我不赞同，至少他没资格说我好色。他不也是个嫖客吗？只是顶着个诗人的头衔没人注意他罢了。当然，不只他一个，下流诗人多的是。

"下流"这个词或许不好，但水就是下流的，这是水性。男人也是下流的，这是人性。

或许用"花心"要好点，可是，男人为什么花心？

李隆基说："男人在心目中都有一个集很多优点于一身的完美女人，花心是为了在许许多多女人身上找到那个完美女人。因而，没找到的男人会显得很花，找到的、没时间找的、没钱找的男人就显得很专一。有时，男人碰巧在男人身上发现梦中情人的特质，就会发生'同性恋'。"

严格意义上讲，我也没资格对别人说三道四。我是个乱伦的人，要了儿媳妇，让她成了贵妃。说来惭愧，李氏皇族有这样的不良传统：太爷爷世民要了弟媳和嫂子，爷爷李治要了太爷爷的小老婆，我又要了儿媳。

我一直想，武氏篡权、安史之乱和马嵬坡事件或许就是乱伦的报应。

遇见杨玉环前,我有过很多女人,三宫六院,七十二嫔妃,我好似蝴蝶穿花,今朝去东,明天往西,但我依然空虚。直到家庭宴会上看到她,我才意识到我的女神降临了,拥有她我就会拥有最饱满的生命和爱情。

令人头疼的是,她是儿媳,我不能冒天下之大不韪"扒灰",这是个严肃的伦理问题。

有了非份之想后,烦躁和不安就在我脑中转悠,仿佛空气中总有千万双眼睛盯着我,总有千万张嘴对我喋喋不休。我很苦闷,觉得伦理道德于人太过痛苦。

太监高力士是我的心腹,虽然他没那玩意儿,我还是把他当哥们,把苦闷一五一十地说了。我问他:"小士子,朕这样想是不是很变态?"

高力士朗声回答:"大王,喜欢女孩没有罪过。孔圣人说,'吾未见好德如好色者。'意思是说,包括他在内都是好色多一点,好德少一点。因此,大王也很健康。再说陛下贵为九五之尊,你就是道德,何必自我约束。"

高力士的话让我压力陡轻,先前困扰我的人伦纠葛烟消云散了。我也明白,其实没有真的监督、指责我,我只是在自我囚禁。于是,休眠的欲望在身体里又腾跃起来,渐渐地,欲望大过了伦理。自然,先前的道德防线就不堪一击了。

得到她,我颇费了番周折。

当玉环充满诱惑的身体第一次呈现在眼前时,我的身体不由自主地变得坚硬和炙热,我感到生命重新变得挺拔,向上翘起。她很紧张,这紧张提醒我她是儿媳,但湍急的欲

望暗示我，这分明是女人，一个成熟的女人。于是我彻底扔掉束缚，把自己完全交付给身体。我情不自禁进入了她。无拘无束中，四肢百骸和五脏六腑体验着幸福的颤动，感受着生命的欢欣和自如，喜悦的眼泪也从眼眶里自由滑落……

我迷恋玉环，在我心中，她不仅是迷人的胴体，更是魅惑的迷宫。我愿在这样的迷宫中迷醉、迷乱、迷失，直至精疲力竭。

我好想对儿子李瑁说声对不起，因为我是不合格的父亲。不过，从另一层面讲，我是称职的情人。打从爱上玉环后，我对六宫粉黛了无兴趣，把所有宠爱都灌溉在她身上，终日衣香鬓影，弦歌不绝，甚至连早朝都不上了。

有道是，"芙蓉帐暖，春宵苦短"，身在福中就要充分享受。君王也好，平民也好，辛苦还不是为了快乐？怎么说，能够纵欲也是莫大的幸福。

尤物，这是给女人的最好封号，意味着无论是身体感觉还是视听感觉都能让男人神魂颠倒。我生也晚，无福消受西施、王嫱、貂婵的恩泽。但我有玉环，她是我的尤物，我身体和灵魂的双重知己。

玉环的身体美妙绝伦，尤其是沐浴时分，空气里浮着玫瑰花瓣的芬芳，凝脂般的肌肤在温润的泉水中显得越发细腻，富有弹性的娇躯在轻笼的水雾中若隐若现，直教人心神荡漾，疑是人间仙境。这样的幸福，楚襄王兴许和巫山神女体验过，但他只有一次，而我竟然沉陷在这样的至境里，幸福得像个婴儿。

历史正规叙述中，马嵬坡事件是一次正义的兵谏，皇帝被美色迷醉了,江山在迷醉中摇晃,要稳定江山必须牺牲美女,从而把皇帝从迷醉中拯救出来。

如果讲伦理,士兵们破坏了君臣之伦,但我没资格责备他们,谁让我践踏了翁媳之伦呢?只是我没想到士兵们如此暴戾,无奈之下,我妥协了。

玉环死了,当我从梁上抱下她时,她脸上挂着几滴晶莹的泪。触摸着尚有余温的泪滴,我想起了华清池里那些清冽的泉水。闭上眼,我仿佛看到那不可方物的身体在白绫上痛苦地痉挛……

不知道玉环临死时是什么感受,平静、麻木抑或疼痛?我想一定是疼痛,因为有那些眼泪,那是幸福被击得粉碎后从心灵深处涌出的哀伤。

玉环去了,我告别了迷醉,但我已一无所有。

记得很久以前一个外国人对我说:世界上,每个男人在某个地方都有曾是自身一部分的女人,她是从男人身体上拆下的肋骨,谁找到了,人生就完满了。我想,玉环就是我的肋骨,她走了,我的生命也残缺了。

我只有想象,只有在想象中,生命才会幸福地呻吟。我也爱上了睡觉,我希望沉沉睡去,在梦中找到她,找到久违的激情,找到身心被涤荡的大欢喜。

78岁那年,在幸福的想象中,我寂然长睡,脸上带着惬意的微笑。

"在天愿作比翼鸟,在地愿为连理枝。"诗人白居易如是揣度,我也情愿这样的结果,只是失去肉体寄存的灵魂无可依托,不着天,不着地,只飘在人们的记忆里。

只有在想象中，生命才会幸福地呻吟。那么，就到梦中去找回激情。

幸好,常有人忆起我俩的爱情,我们也就常在人们的记忆里相遇。

师师想，或许是为了抹平痛苦，人们才创造了财富和权力。世人乐此不疲地用财富和权力去搀掠欢娱，在喧嚣的快乐中抵消痛苦。

思想者李师师

11世纪的开封城是当时世界上最华美的都市。

庄严的皇宫，兽烟不断，街道两旁，酒店铺子林立，河岸上杨柳成行，各式虹桥穿梭在城市中交错而行。每到秋天，空气里更是充盈着菊花令人贪恋的芬芳。

李师师是开封城里的一位姑娘，嗓音甜润至极，唱起那些清远的歌曲来，犹如天籁之音，让听众恍兮惚兮。师师的脸漂亮得不可思议，肤如凝脂、齿如瓠犀、蝤首蛾眉，最是那带着酒窝的一笑，再紧锁的眉头也会被她解开。她的身体也是精致，尤其是夏天，宽松的丝绸长衫下藏着凸凹有致的气韵，令人咏叹。

师师的名字是有来历的，据说是个有道高僧起的。那年，信佛的父亲带着3岁的她去相国寺烧香，老和尚无意间听到师师的哭声，声音清爽嘹亮，高亢处隐隐有木鱼似的佛音。高僧觉得她很有佛缘，劝其父将其改名为师师。从此，开封城里就有了李师师这个名号。

4岁那年，师师父母双亡，经营妓院的李媪将她收养，训练歌舞并教以诗词。13岁，李师师出落得婷婷玉立，即挂牌揽客，初试云雨。

　　最初几年,师师感觉灵魂和身体有种无法言说的疏离。做爱时,灵魂会从躯壳里慢慢溢出来,飘散在屈辱的泪水里,身体则在虚假地扭动,承受现实的无奈。偶尔也会有欢娱,但片刻之欢难掩长期痛楚。不过,时日一长,师师就习惯了,灵魂也超越了身体。有时,她甚至觉得女人的身体是面光洁的镜子,可以清晰地照出男人的灵魂。不知从何时起,她又有了更超脱的理解,她觉得卖身是一种救赎,对男人们的精神救赎。

　　师师爱唱歌,唱歌时她能体验到生活的真实和自由,空灵幻美的歌声在屋顶盘旋,可以寄寓灵魂的安宁,暂别尘世的躁动。她投入地唱歌,唱着、唱着,思想就湿润了眼睛。师师心想,如果有可能,她倒真愿做个卖唱不卖身的女子。不过,只爱听歌的男子实在太少,她的理想就有点虚幻。

　　师师总认为在世是沉重的负担,哪怕是那些寻欢作乐的男人,欢娱也是为了排解现世感和孤独感,做爱则是为证明有限的存在。

　　从某种意义上讲,师师认为赵佶是男人中的苦主。贵为皇帝,理论上可以为所欲为,但地位决定了责任,责任决定了自由限度。责任越大,自由越小。"普天之下,莫非王土,率土之滨,莫非王尘。"话虽不假,但王者却极少自由。

　　有一个关于她和赵佶的流言一直飘在大宋国上空。几乎所有人都认为李师师和赵佶有暧昧关系,原因在于赵佶常去听她唱歌,还亲笔为其住所题字"醉杏楼"。

　　根据谐音,好事者认为赵佶在微醉时"幸"了李师师,更有无聊文人还编造了"幸"的细节。不过,师师知道赵佶和她什么都没有,他欣赏她,喜欢向她倾诉家事、国事、天下事,聆听她的琴声、歌声、琵琶声,仅此而已。

坦率地说,师师也爱赵佶。倘若他不是皇帝,她会选择嫁给他。赵佶出现在她身边时,总像个任性而软弱的孩子,让她涌动母性的温柔去呵护。

赵佶风流倜傥,才华横溢。音乐、文学、艺术无不通晓,尤其是书法,虽然略显瘦削了些,风骨却是极高贵的。师师懂得点占卜小常识,笔迹如此瘦弱的人当皇帝会不堪重负的。不过,这话她没敢当着他的面说。

除了赵佶,师师也爱过其他男人。像周邦彦,她就很喜欢,她称之为"妩媚的男孩"。周邦彦是个优雅的词人,生得风雅绝伦,轻疏不羁。师师甚至觉得周邦彦骨子里和她是同一类人,都是天生的尤物。不过,自己是女人,他是男人罢了。和他在一起,师师觉得灵魂会身体化,欢乐的颤栗流满了每条血管,空洞的身体会变得丰盈,充分体验到生命和情感的相互奔流。

仔细想来,欢娱对于师师而言还是很少。生活了二十多年,能搜集起来的也只是极其有限的欢乐碎片。而且,就像男人们用银子去买欢乐一样,欢乐总像是用痛苦去买的物什。师师想,或许是为了抹平痛苦,人们才创造了财富和权力。世人不知疲倦地追求财富和权力,再用它们去掳掠欢娱,在喧嚣的快乐中抵消痛苦。不过,快乐到极致是虚无,痛苦到极致也是虚无。因此,尘世的一切都如梦如幻。

国难来临,开封城被异族的刀枪照亮,赵佶父子被金兵俘虏,达官贵人、平民百姓纷纷南逃。

师师想：或许是为了抹平痛苦，人们才创造了财富和权利，……再用它们去榜标欢娱，在喧嚣的快乐中抵消痛苦。不过，快乐到极至是虚无，痛苦到极至也是虚无。因此。尘世的一切都如梦如幻。

就在那个举国奔逃的秋日，师师穿过交织着鲜血和泪水的薄雾,踩着大地上的片片枯叶去了个无人知晓的地方。师师是去寻找虚无，她觉得佛门的虚无和歌声的缥缈都能让她忘记存在。

李易安是18岁那年嫁给赵明诚的,他带来了一股强大的解放力量,唤醒了她的身体、神经和思想,让她从封闭和压抑中走了出来。

声 声 慢

才女李易安常问自己,生命的感觉究竟是什么?

孤独,感伤,还是疼痛?

当她独自伫立在屋檐下,倾听着梧桐叶上滑落的沙沙声,泪水不由自主地滑落,三种感觉轮番从心头划过,分不清孰轻孰重。

她是高傲的, 甚至觉得宋朝以来无人能在词方面超过她。柳永的词算是不错,有韵味,但格调低下,以至青楼女子人人传唱,而欧阳修、苏东坡等大家在她看来写的简直不是词,只是打油诗而已。

至于女人,易安就更不屑了。在她看来,女人写作分三类:一类是妓女写作, 这些女人将自己的身体作为文学体验,极力渲染云雨经历,挑逗男人;第二类是荡女写作,胆子比妓女稍小,大多以闺情或婚外情作为素材,以博男人会心一笑;第三类是才女写作,以她为代表,天纵奇才,真正用才华写作。

男人的道德世界里,女人无才便是德。按这个标准,她道德败坏。不过,李易安不信这个,她觉得这是男人对女人的愚弄,也是男人恐惧女人的证据。男人害怕女人觉悟,知

识的，身体的，思想的。

知识就是力量，性也是力量，两者都可以改变世界。女人没有男人的蛮力，只能靠身体和知识来征服男人，继而征服世界。

几乎所有女人都会说，生命中最重要的是爱情。

易安的爱情源于一次偶然的酒局。那日，汴京城得月酒楼上，喝醉酒的李格非与趴在桌上的赵挺之为双方子女定下终身。

娃娃亲是旧时常用的婚姻方式，和幸福没有必然联系。但易安凑巧碰上了幸福的天花板。她18岁时和赵明诚成了亲。他带来了强大的解放力量，唤醒了她的身体、神经和思想，于是，自由从古板的压抑中挣脱开来，幸福从禁锢的身体中流淌出来。

喝酒、写词和做爱，这是李易安婚后三个嗜好。她认为，三者是同一种沉醉，沉陷进去，与欣喜和激情交织融化，跃上欢喜的云端，飞向高远的天空，飘然欲仙……

易安想把幸福描述出来，和那些身体写作者不同，她喜欢含蓄地表达："薄雾浓云愁永昼，瑞脑消金兽。佳节又重阳，玉枕纱橱，半夜凉初透。东篱把酒黄昏后，有暗香盈袖。莫道不消魂，帘卷西风，人比黄花瘦。"

婚后的日子很幸福，他们有共同兴趣，喜欢书画、古董、诗词，喜欢在长夜的星光下散步……在兴趣引导下，家里的字画和书籍也日益增多，书房、厢房、卧室都充满书和画。在书画之间，两人渐渐读懂了对方，相互凝视、相互触摸、相互偎依。

相守是甜蜜的,但有相守就有离别。

初次离别,易安心里乱乱的,她塞给他一方手帕,上面绣着女人心思:"雁字回时,月满西楼。花自飘零水自流。一种相思,两处闲愁。此情无计可消除,才下眉头,却上心头。"手帕本身不表征什么,因着爱人相赠的缘故,成了赵明诚的爱情圣物,每当看见手帕,他就会陷入相思。

对恩爱夫妻而言,离别会带来相思,相守会带来相知。无论离别或相守,都充满了柔情蜜意。

若没有战争,若大宋朝的男人不是那么胆怯,或许易安和丈夫会继续幸福的婚姻。

将士们的表现让易安很诧异。几乎没有像样的抵抗,没有坚固的街垒,没有持久的巷战,皇帝就被俘虏了,首都也拱手相让了。同样是战败,项羽比他们强多了,输得壮烈,宁死不肯过江。假如宋军多有霸王的豪气,也不至如此溃败。宋朝文化很繁荣,有很多文人,但是缺男人,尤其是分泌雄激素的男人。

战争拉开了易安的悲剧人生,从北方到南方,她一直在恐惧和颠沛中度过。所幸有丈夫陪伴,对女人来说,丈夫就是家。不过,她做梦也没想到,伤寒会把丈夫夺走。起初,他只是不小心着凉,随后发烧、咳嗽。七天之后,他去了,临走时给她留下一句话,"照照,千万要活下去,千万要珍爱生命。"

丈夫走了,欢乐消失了。

孤独来了,伤感也来了。

她成了寡妇,这个词有时就意味着孤独、凄凉和沉郁。

幸好有酒和眼泪，泪水可以排遣孤独，酒可以麻木回忆。于是，易安爱上了泪和醉。

年华似水，一次次哭过、醉过之后，凄凉感越发浓重了，周遭的世界似乎是阴暗的深渊。深渊中，易安觉得躯体越来越干涸越来越衰老。

她有了个大胆的念头：再去找个男人。开始，她觉得这个想法不合时宜，国家处于危难之际还想着享乐，实在有点怪异。不过，她想通了，禁欲和自苦是表面上哀悼国家的方式，但绝不是个人生活方式。上至皇帝下到官员，整个大宋王朝都在临安遣兴销魂、歌舞不休，自己又何必在苦欲中自我放逐呢？

她嫁给了张汝舟，一个同样喜欢古董和文学的男人，她向往着幸福重现。

令易安失望的是，逝去的欢乐根本无法复制，哪怕是肉体的痴缠，也不是享受幸福，而是忘掉痛苦。

无论是古董、书画还是她的身体，张汝舟都不能清洁地鉴赏，他有的只是霸占的欲望。让人更无法忍受的是，张汝舟居然还虐待她，无缘无故打骂她。与优雅的赵明诚相比，他实在粗俗不堪。

易安屋里有很多丈夫的遗物，它们是旧日欢颜的纪念，时不时给她带来些许慰藉和感动。原本，她觉得张汝舟即使不能成为替代物，至少也可以成为活的纪念物。但他太粗俗了，甚至成了颠覆幸福的蠢物。她感到屈辱，这屈辱压得她喘不过气。

易安选择了离婚，重新回到单身。沉重的屈辱消失了，轻逸的感伤又回来,附在门上,沾在杯中,钻入书里,布满空气中的每条缝隙。

忧伤漂浮的日子,易安恋上了文字。文字是她的另一个躯壳,她希望把肉身的忧伤倾泻进去,让两个躯壳分担。这样身体就能轻松一点。只是,忧愁更重了,尤其是那首《声声慢》,更让积郁已久的感伤一发不可收。

那日,易安习惯性地喝了点酒。天色在将晚未晚之间,屋子里偶尔有几缕寒风穿过,吹动桌上的纸张,发出嘶哑的声响。门外,无力的细雨摇摆不定,稀疏的梧桐憔悴地盯着天空,时不时落下片黄叶。似曾相识的孤雁正从北方飞来,它也满怀心事,飞得很慢,仿佛停滞在天空。

"咯"的一声,哀鸣勾起了她的思念,昔时的郎情妾意,锦书相托,今日的异乡流离,独守空房……所有的沧桑和凄凉构成了巨大的辛酸,从笔端喷涌而出:

> 寻寻觅觅,冷冷清清,凄凄惨惨戚戚。乍暖还寒时候,最难将息。三杯两盏淡酒,怎敌他,晚来风急!雁过也,正伤心,却是旧时相识。 满地黄花堆积,憔悴损,如今有谁堪摘?守着窗儿,独自怎生得黑!梧桐更兼细雨,到黄昏,点点滴滴。这次第,怎一个愁字了得!

易安认为《声声慢》将自己的曲折和辛酸都倒空了,写完后,身体和脑袋都空空荡荡了。然而,空幻的感觉很短,几个时辰后,凄凉的文字重又爬入思想,渗入身体,每时每刻提醒她忧伤的存在。她想把它们赶跑,但它们已经有了精

魂,紧紧纠缠着她,再也挥散不去。

凄凉越发浓重了。

最后15年,易安不知自己究竟是怎样度过的,萦绕她的始终是迷醉、昏沉、虚脱和晕眩。她想找回欢乐和激动,只是寻寻觅觅中,周围的物事始终冷清,惟有凄凉和孤独如影随形地跟着她。

凄凉是秋的意象,萧瑟的秋天会摧毁植物的生命力,同样,凄凉也会吞噬人的生存欲望。孤独冷清中,易安的意志渐渐消散了,终于也如病恹恹的黄叶一样,从生命之树上抖落下来。

你像一束阳光＼推开了我生命的窗＼我看见了＼一园鲜花＼我听见了＼一曲清歌＼我怎样才能感谢你＼只有一颗心＼心里藏着一个世界。

柳如是新传

"昔我往矣，杨柳依依。今我来思，雨雪霏霏。"

公元1664年的一个下午，一个美妇人独坐在梳妆台边，手拿白绫，喃喃自语。她认真地对镜索影，似乎要从镜子中找寻逝去的年华。妇人脸上挂满了忧伤，鬓角点点寒星，倒是眼里的那份透明宛如少女，令人惊异。

妇人年少时曾为盛泽归家院歌妓，名叫杨爱，因艳名远播而被退休官员周道登纳为小妾。在周府，艳冠群芳的她遭到了周家妇女们集体攻击，被诬"水性杨花，淫乱成性"。无奈之下，她离开了周家。

离开周家后，杨爱重操旧业。她有点讨厌先前的名字，这名字很有点"水性杨花"的味道。她决定改名换姓。一日，她正在看辛弃疾（她的偶像）的词，读到了"我看青山多妩媚，料青山见我应如是"，很是喜欢，决定改名"柳如是"，从此杨爱开始了柳如是的新生活。

柳如是来到松江。松江又名云间，柳如是喜欢这个地名，云之清远孤高，作无根之飘，倒是像极了自己的风骨和境况。何况松江府纺织业发达，经济富裕，俊逸之士如过江之鲫，在此地继续妓女生涯很合适：一来生意不错，二来也

不辱没了身体和才华。

才子佳人向来相互傍生,更不消说柳如是般姿容绰约、风华绝代之人。自如是到松江后,慕名而来的才子络绎不绝。如是和他们风月云雨相和,倒也不觉寂寞。

这日,如是正在家中品着客人相赠的余杭雨前茶,翻阅李后主的诗词,读到"问君能有几多愁,恰似一江春水向东流"时,左眼皮跳了起来。

"左眼跳喜,右眼跳灾",如是暗忖,"会有什么喜事呢?"

"咚,咚,咚",楼下传来有节奏的敲门声。如是下了楼,卷帘开门,一个青年男子捧着一束红色玫瑰花出现在她面前,清扬玉举,俊朗逼人。

男子款款施礼:"小生陈子龙,字卧子,见过柳姑娘。"

柳如是一辈子也忘不了这幕,一个风情万种的男人出现时的那种刺眼,她不理解为什么世人会把帅哥称为阳光男孩,但她确切地知道眼前的男人正是"阳光男孩"的最好诠释,浓黑的眉毛、灼灼的眼神、刚毅的脸……身体的每个部位都注满了阳光,灿烂的笑容则洋溢着令人晕眩的光辉。

如是接过花,脸颊掠过一片红霞。

她知道他。陈子龙,著名文学社几社的领袖,诗名远播江南,原以为他已届不惑,不曾想如此年轻,难得的是还有潘安之貌。

陈子龙进屋落座,清茗入怀,桌边是神仙般的姑娘,不禁心神激荡。他想起了《洛神赋》,但他有资格嘲笑曹植。曹植只能借赋来单相思,而他却面对着活生生的绝世佳人。

诗歌王子立刻赋诗一首:你像一束阳光\推开了我生命

的窗\我看见了\一园鲜花\我听见了\一曲清歌\我怎样才能感谢你\只有一颗心\心里藏着一个世界。

诗歌瞬间形成了一股暖流涌向柳如是,如是心想:若与此等男人厮守,倒也不枉在这世间走一遭。继而她又转念:我也得显露一下才华,免教他看轻于我。

如是轻和:我不见了\风偷走了我的心\浮云兀自流浪\留下孤单的月亮\我不见了\阳光烧着了我的心\桂花满庭飘香\爱上飞扬的思想。

干柴烈火一相逢,便胜却人间无数。当晚,陈子龙就在如是那儿住下了,17岁的柳如是虽已阅男无数,但陈子龙还是让她体验了怦然万端的感觉。

此后,陈子龙经常去如是那儿过夜。在他眼里,如是就是洛神的化身,世上再没有其他女子容他侧目了。在她心中,他就是骑着白马的诗歌王子,人间再无男子令她倾心了。

两人幸福地罩在爱情的网中。一年后,陈子龙觉得再也离不开如是了,想和她朝夕相守,又怕老婆不答应。两难之中,他想到了徐武静,他有很多房子,可以借来把如是先安置好,再慢慢和老婆老妈商量。

徐武静是那种朋友有难两肋可以插刀的人。他腾出自家南院,给了陈子龙和柳如是,南院成了陈柳二人的伊甸园。

虽然和陈子龙尽享鱼水之情,但如是总觉得缺少些什么,经常用撒娇的口气说:"龙,许我个未来吧。"陈子龙虽满口应承,但一想起家里的醋缸老婆就无可奈何。

　　世界上总有一种风能透过墙。日子长了,陈子龙老婆知道了此事。适逢陈子龙会试未举。她就将此事向陈子龙奶奶举报,说丈夫和妓女鬼混,沉缅女色,导致屡试不第。

　　陈奶奶大怒,立刻将陈子龙训斥一番,命他和柳如是立刻断绝来往,认真读书。陈子龙很孝顺奶奶,压力之下,把事情告诉了如是。

　　没有任何过激的反映,如是就选择了离开,甚至没有知会陈子龙一声。她不想给心爱的人增添麻烦。她明白,他们的爱情是被火一般的激情点燃的,终究也会像火一样暗淡,然后熄灭,只是没想到微风吹过,火就熄灭了。

　　柳如是回到盛泽,往事如梦,梦中的他还是像正午的阳光一样灼人,但醒来后枕边只有泪痕和冷清。

　　在相思和梦的纠结中,如是写了首诗:人去也\人去梦偏多\不是情痴还欲往\应是怕情深\人何在\人在月明中\空留枕边无限泪\罗衣轻拭却心凉\只影吊斜阳。

　　回忆是很奇怪的玩意,让人幸福也让人痛苦,随着时间流逝,如是的回忆被越来越厚重的痛苦和幸福包围起来。她知道,幸福也好,痛苦也好,此生再难忘记陈子龙了。

　　1639年,如是21岁,和陈子龙鸳飘凤泊已经4个年头。4年中,柳如是研诵诗词,才艺精进,3年前刊行的诗集《戊寅草》更让她才名远播,达官贵人都以和她共度良宵为荣。只是,如是内心却深感寂寞和饥渴,她才21岁,正值青春韶华,她期盼有个男人来照顾她、呵护她。

　　一个男人适时出现了。

　　那是一个名叫钱谦益的老男人,如是和他初见面是在西子湖的小船上。

见面时，如是就心中一动，觉得他和陈子龙有相似之处，一样的儒雅，一样的风度翩翩，只是胡子白了点。若说差异，陈子龙就是正午的太阳，热烈而奔放；钱谦益则是傍晚的斜阳，含蓄而庄重。但作为阳光，两者都有光有热，给予孤独的心灵照耀和温暖，继而孕育新的希望。对她这样的女人来说，这就够重要的了。何况，钱谦益28岁时就摘得探花，如今更是学界泰斗，信手拈来皆是学问。

这样一个男人，年龄大点又何妨呢？如是决定主动追求他。"男想女，隔座山，女想男，隔层纸。"几乎没有任何抵抗，钱谦益就向柳如是缴械了。

1641年，柳如是迎来了一生中最重要的时刻——结婚。虽说是钱的小妾，但结婚场面很隆重，在太湖的豪华游船上，名士鸿儒毕集，极尽排场极尽浪漫。

洞房花烛夜，躺在白发苍苍的老公怀中，如是脸上泛着幸福的红晕，宛如梦里。

如是幸福地问丈夫："你爱我吗？"

"爱。"

"爱我什么？"

"爱你娇媚白晰的脸和乌黑的长发。"

钱谦益反问："你爱我吗？"

"爱"。

"爱我什么？"

"爱你黝黑沧桑的脸和雪白的长发。"

两人相视，欢快地笑了起来。

　　虽是迟到的幸福,但毕竟还是幸福。新婚燕尔,钱柳二人卧波泛舟,月下赏花,诗酒作伴。钱谦益还特地在西湖畔为如是修筑了绛云楼,夫妻俩安居其中,过起了神仙眷属般的夫妻生活。

　　1644年,幸福被打破了,清军攻破北京。第二年阴历五月十五,南京也沦陷。

　　身在江南的柳如是深感亡国之痛,内心悲愤交加,她对钱谦益晓之以理动之以情,劝其以死殉国:"夫君,大明已亡,作为大明子民,以死相殉是我们保全忠节的最好方式,你殉国,我殉夫,虽不能同年同月生,也算同年同月同日死,来世我们再续姻缘。"

　　钱谦益点点头,同意如是的建议,决定效仿屈子,投水自洁。

　　1645年五月十七,天蒙蒙亮,钱谦益与柳如是驾了叶扁舟,漂进常熟六弘湖。钱谦益喝了很多酒,柳如是也喝了很多酒。

　　柳如是率先牵起钱谦益的手,深情地说:"相公,咱们一起跳,你跳我也跳。"

　　钱谦益说:"娘子,真要跳吗?没有其他办法了吗?我俩可都不会游泳,万一感觉不好,可就来不及了。"

　　如是正色道:"当然真跳了,难道你不想以死报国吗?"

　　钱谦益感到很惭愧,鼓足勇气伸手摸了摸船边的湖水,又打了个寒战,像小孩子一样恳求说:"娘子,今夜水太冷,等水暖点再跳,好吗?"

　　柳如是没搭理钱谦益,她轻抚了一下水,感到很冷,但水冷及不上心寒。她想不到自己素来仰慕的丈夫竟然如此贪生怕死,内心失落极了,她都不想再看到这卑微的男人。只见她纵身一跃,平静的湖面溅起了大片的浪花。

不知道过了多长时间,如是从温暖的被窝里醒来。迷糊中,她看见一个光溜溜的东西闪闪发亮。仔细审视,是个人头,前面光秃秃的,后面是扎得很光滑的粗大的辫子,那张脸自己非常熟悉—前明礼部侍郎钱谦益。

如是很惊讶,问:"我怎么在这儿?"

钱谦益说:"我找人把你救了。"

如是又问:"你为什么搞了这么个发型,很时髦吗?"

钱谦益痛苦地长叹:"夫人啊,谁不想当忠臣,谁不当想孝子,但是明朝大势已去,我有什么办法呢? 我只好归顺清朝来发挥更大作用,来挽救亿万生灵。难道这样做不是仁人志士所为吗?"

翌日清晨,如是就不辞而别了。临走时留了一首诗:"我是一片闲荡的云\偶尔投影在你波心\你不必讶异也无须欢喜 \你有你的方向\我有我的理想\你记得也好\但最好忘掉\那些交汇的欢笑。"

从此,如是隐居起来,与青灯古书相伴……

1664年,离明亡已20年,老迈的钱谦益在悔恨交加中病故。

消息传到如是耳中,她觉得此生再无牵挂。

阴历五月十九,是柳如是离开钱谦益的日子,她独坐在梳妆台边,光滑的铜镜照着熟悉的脸庞、眼睛和长发。

如是有每天照镜子的习惯,生怕哪天忘记看自己,容颜

就轻易逝去。只是，现在的她已看不见镜中的她，倒是那些往事，如水墨画卷一般从镜中徐徐展开……她手拿白绫，心想：此身虽误入章台，历尽苦难，但毕竟爱过恨过痛过，识尽了繁华。如今芳华逝水，美人迟暮，正是落英散去的季节了。

柳如是平静地将白绫挂在梁上，打好结，把脖子套进去，透过天窗看了看天空，然后闭上眼睛，使劲踢翻了脚下的长凳。于是，一缕诗魂、一世情缘连同那倾国倾城的容貌就和尘世再无一丝瓜葛了。

我的最后时刻是这样度过的。那晚,明月当空,我和我的酒在长江游荡,夜空散发着空灵的异香,凝固的水面盛着个惨白的月亮,恰如我破碎的理想。我费劲地伸手去捞,"扑通"一声,我,我的激扬文字,连同我的理想,都陷入了柔软的黑暗。

捞月者李白

我承认,我曾历尽沧桑。回首往事,我喝过无数美酒,写过无数诗歌,见过数不清的靓女,干过数不清的荒唐事,只是我依然遗憾,因为没实现心中的理想。

我生在碎叶,按现在说法,该是吉尔吉斯坦籍华侨。那年,中国发生政变,女强人武则天扭转乾坤,成了国家第一把手。很多男人都将此事件比作牝鸡司晨,讽刺武氏角色错位。但我倒是挺敬重她的,能啼的母鸡总比不吭的公鸡强。

政治于我老爸来言,是遥远的桌边故事。他是生意人,只在乎生意,在利益驱动下他可以到边疆去、到农村去、到生意最好的地方去。

我5岁时,老爸把家搬到四川,一个被称为"天府之国"的富庶省份。老爸在四川赚了很多银子,觉得这个地方民风淳朴,适合做长久生意。老妈则认为四川湿润温暖,适合皮肤保养。于是,我们就定居下来。

就在民风淳朴的四川,我遭遇了平生最大的谎言。

那日,隔壁的阿婆在院子磨铁棒。七岁的我看到后很

诧异，就问："婆婆，你磨大铁棒干嘛？"

"只要工夫深，大棒可以变小针。"她微笑着回答。

我觉得婆婆酷毙了。

后来我知道，阿婆是开玩笑的。她男人是屠夫，铁棒是扛猪用的，她只是将铁棒磨干净而已。倘真要磨，以她有限的生命投入到偌大一根大铁棒中去，恐怕还是磨不出绣花针的。骗归骗，但我终归认为若理想不很荒诞，人就该执着地追求。

父亲自认是风雅之人，因为常念错别字，老被朋友们嘲笑为附庸风雅。因此，他希望儿子能学富五车，弥补他的缺憾。在他督促下，我努力学习，天天向上，琴、棋、书、画、诗、酒、花，各门功课都非常优秀。

25岁那年，父亲语重心长地说："儿啊，俗话说，'三代不读书，等于一圈猪'，你读了那么多书，也该去闯闯了，博个功名也好光宗耀祖。"带着他的期许，我离开了四川。

因为作诗早的缘故，20来岁的我已是著名诗人了。关于诗歌创作，脑子正常时，我作不好，只能写诸如"床前明月光，疑是地上霜"那样毫无想象力的作品。喝酒后就不同了，一喝酒我就醉，一醉就兴奋，一兴奋就写诗，字里行间流淌着酒意，诗风飘逸不群，惹得诗坛小阿弟杜甫恭维我"白也诗无敌"。杜甫的诗写得也极好，只是我们的诗歌观点相左，他认为写诗是神圣的文学行为，能够照耀劳动人民的灵魂，陶冶高洁的性情，而我则更愿意相信诗歌是实践飘然欲仙生活的方式。

诗人自然要在诗江湖里混，那时是诗歌的黄金时代，诗人很吃香:酒有得喝,饭有得吃。浪漫点的,可以用诗歌谋杀纯情少女的爱情。明星诗人,走到哪儿都有人要签名。我的诗名本来就大,加之我有仙风道骨之仪,风流雅逸之表,顺理成章成了超级明星,连一些德高望重的老诗人都以认识我为荣。

贺知章就是其中一位,他对我的诗欣赏不已。拜他夸奖,我有了"诗仙"这个绰号。贺老师也是诗人,但我并不很欣赏他的诗。其一,老贺玩的诗和我不是一个路数;其二,他的诗歌水平与我相比也差了不少。就说那首流传甚广的《回乡偶书》吧,土得实在掉渣。不过,撇去诗人身份,他是高官,我是平民,我只能收敛起傲慢的眼光,装出喜欢、崇敬的样子。坦率地说,我那样做是有目的的,希望搞好关系,老贺能在皇帝面前推荐个一官半职。

说起来大家都不信,我内心深处崇仰两样东西:天上的月亮和人间的乌纱帽。很多人认为后者很庸俗,朋友们也常劝我:"卿本诗人,奈何爱官。"其实,他们不了解我,我一向认为自己首先是安邦定国的政治家,其次是"善养浩然酒气"的酒鬼,最后才是"飘然思不群"的诗人。但我很傲气,不屑通过毫无创意的考试获取功名,总幻想皇上能主动找我,赞许地说:"李爱卿,朕之明镜也。"可惜,幻想常有而乌纱帽没有,我只能默默等待。

皇天不负有心人,42岁那年。老贺向皇帝竭力推荐我的诗,皇帝很欢喜,决定召见我。

以诗歌作为仕途敲门砖是我始料未及的,但这毕竟是机会,而且我也老大不小了。知道消息的当晚,我很激动,整

夜辗转反侧,想着如何在皇上面前纵论国是、指点江山。40多年来,我第一次失眠了。

皇帝是个爱才的明君,他热情招待了我。好菜、好酒加好客,让我对他顿生好感。和皇帝喝酒让我既紧张又激动,很快就醉意盎然,灵感也随着酒劲不断撞击着脑袋,让我思如泉涌,意似飘风,在酒席上或笑或吟,独占鳌头。

我清楚地记得这样一个温馨的细节:皇帝轻手用调羹将发烫的番茄蛋汤调冷,小心翼翼端到我面前。倏忽的感动像冬日的暖阳一样熨到心坎,让我舒畅无比。二十多年来笼罩在胸口的阴云刹那间消散得无影无踪。宏图待展,我甚为开怀,借着酒意大声吟诵:"长风破浪会有时,直挂云帆济沧海。"

此后,应皇帝之邀,我又兴致勃勃去了几次皇宫。每去必饮,每饮必醉,每醉必赋,每赋必有佳作。不过,日子久了,我又开始失望。喝酒和写诗只是我"攀龙见明主"的手段,我的目的是封将拜相大济苍生。但我也不好意思主动要官,相反还故作潇洒,自诩"黄金白璧买歌笑,一醉累月轻王侯",以显示狂放和清高。

很长一段时间我一直在矛盾中挣扎,明明很想要却装作不要。最后,我终于低下高傲的头颅,鼓足勇气向皇帝暗示当官愿望。皇帝一笑置之,封了个翰林供俸敷衍我。他没觉得我是当官的料,在他眼里,李白只是解闷小菜、歌功颂德的文化宠物,仅此而已。

我消极起来,以狂饮豪赋、纵情声色来排解郁闷,也想用这种方法引起皇帝注意,但收效甚微,皇帝对我的政治才华始终不感兴趣。

在醉生梦死的状况下我虚度了一年，肚子也圆了起来，看上去很壮实也很有底气，但我明白，里面的货色正开始减少。

一日傍晚，我正在长安东市的王家酒楼喝酒。两个白面无须的家伙找到一脸醉笑的我，说有个头面人物想和我探讨文学。他们把我搀到一个美丽的大花园，我认真观察了一下周边环境，花香叶浓，是个很好的约会地点。

这时，我的头晕得厉害，花园里的花似乎飘了起来，变成七彩祥云，转眼间，云成了小草。正诧异呢，魅惑的花出现了，再眨眼，花又成了个羞花闭月的女人，一个真正称得上美女的女人。

我很激动，第一次不是因为酒精刺激而高度亢奋。

"云想衣裳花想容，春风拂槛露华浓。若非群玉山头见，会向瑶台月下逢。""一枝浓艳露凝香，云雨巫山枉断肠。借问汉宫谁得似，可怜飞燕倚新妆。""名花倾国两相欢，常得君王带笑看。解释春风无限恨，沉香亭北倚栏杆。"

一口气，我搞了三首。随后，眼皮越发重了，我无力地软倒在草地上。

我从没那样醉过，那天，我真醉了。否则，我肯定不会让高力士穿鞋，吩咐杨贵妃捧砚。他俩可都是皇上的红人，清醒时，我岂敢如此放浪。

高力士自比唐朝司马迁，史学素养好，文学修养也高，就是上下两个口子不大好使。他经常放屁，自诩"阉门之绝唱，无韵之离骚"；他也爱搬弄是非，诋毁和他有过节的人，

自况"横眉冷对千夫指,俯首甘为天子牛"。因为我的臭鞋惹着他的缘故,他恨得屁眼都痒痒的,挖空心思找我茬。

害就害在这个人有文化,晓得历史典故。他从诗歌里解构出了讽刺意味,以我将贵妃比喻为出身下贱、不得善终的汉宫飞燕为理论根据,说我含沙射影,咒其不得善终。于是,先前心情愉悦的贵妃开始讨厌我了,不停对皇帝吹风,接下来皇帝也有意识地疏远我。孟浪让我付出了沉重的政治代价。

这种遭遇让我联想起古代一个令人尊敬的老诗人,喜欢干净,刚烈而多情,因奸人谗言所害而遭皇帝疏远,最后抱着一块土自沉于汨罗江。将心比心,我很能了解他的心情,只是我还残存着微茫的希望,还没到厌世的地步。

事实上,我比老诗人的处境也要好些,因为皇帝送了块御赐金牌给我,可以免费享用天下美酒美食。带着这块金牌,我开始像闲云一样四处飘零,忘我地放荡、忘我地饮酒和作诗。只是,表面的潇洒依然消解不了内心的苦闷。我只能以"天生我材必有用"自勉,偶尔还会幸福地憧憬"闲来垂钓碧溪上,忽复乘舟梦日边"。

55岁那年,国家大乱,皇子李璘出来平乱。

自古英雄出乱世,我觉得这是最后一搏的机会,头脑一发热就去了他的部队,当了个小官。不过,现实马上告诉我,理想的憧憬压根就是纯粹的幻影。太子李亨,也就是后来的唐肃宗,宣布我们是非法组织,我被当作政治犯送进监狱劳改。

两年后,我出狱了,我觉得自己老了。对于政治,就连最瑟缩的梦也不敢做了。但我依旧饮酒，依旧放荡。我开始彻底堕落，只关心自己，关心粮食和酒。生命于我恰似稀薄的烟云，一阵微风就可以把它吹散。

我的最后时刻是这样度过的。那晚，冷月当空，我和我的酒在长江游荡，夜空散发着空灵的异香，凝固的水面盛着个惨白的月亮，恰如我破碎的理想。我费劲地伸手去捞，"扑通"一声，我，我的激扬文字，连同我的理想，都陷入了柔软的黑暗。

古旧的街道浓缩了世间的现实,轿、马、狗甚至老鼠一起出现在街上,兵士、豪奴、小贩、姑娘的吆喝声交织在耳膜上,官人、富人、穷人和乞丐以各自的姿态出现……奢华和朴素、秩序和混乱、美丽和丑陋、崇高和媚俗、真诚和虚伪、清洁和肮脏都被表现得淋漓尽致。

闲逛者柳永

仁宗天圣五年(1027)五月十五天气:晴朗心情:有点忧郁

今天早上我是在广济河边醒过来的,我也记不清这是第几次在河边睡醒了。

大概五点多的样子,河边一户人家的仆人出来扫地,门环的声音把我吵醒了。我睁开朦胧的眼睛,发现自己身在护城河边,差点就滚到河里去了。

天边的月儿在这当口显得很憔悴,好似熬夜姑娘的脸。清晨的风照例孤独,轻微地从脸上拂过,惊醒沉睡的毛孔。搔首弄姿的杨柳很自由,散慢地作出各式摇摆动作。空气很清新,呼吸起来简直是一种享受。也许,这得感谢太宗皇帝,他倡导的环保工程使得京城里绿树成荫,早年干燥的尘土也越来越少了。

我坐了起来,觉得头有点疼,这才想起昨晚在金梁桥下的刘家花楼和艳儿姑娘喝酒的事来。艳儿姑娘真是好酒量,我喝几盅,她也喝几盅。最后,倒是我这个大男人败下阵来。

在河边呆坐半个多时辰后,东方开始发白,汴河上停泊着的船也动了起来。船工们一边吆喝,一边忙碌地在船上搬着从江南各地运来的粮食。我觉得有点饿,摸了摸口袋,有六十文钱。我很诧异,明明昨晚就剩十文钱了,为什么又多了五十文呢?

一定是艳儿姑娘放在我口袋里的。真难为她,她挣钱不易,还赞助我这个读书人。哎,谁说"婊子无情,戏子无义"了,我看大宋朝的青楼女子倒挺有情意。

慢慢悠悠地,我走到了城里的得胜桥,桥下的郑家油饼店有我最喜欢的早餐。老郑看到我,油腻的脸上堆满了讪笑,客气地招呼我:"客官,您早,今个要点什么?"

"两个油饼,一碗豆浆。"我回答。

老郑在汴梁城里是个小人物,从前在教坊任职,是官方演艺人员,一次公开短剧演出时被指影射政治,弄丢了公职。转行做油饼后,他依然关心国家大事,我经常看到他会在下午的某个时点出现在某家飘着龙井香的茶馆,唾沫横飞地和茶客们讲太祖皇帝黄袍加身的若干野史,俨然是个亲历者。

在老郑眼里,我肯定也是不起眼的人物。他是不懂词赋中的婉约和豪放派的,更不知道经常买他油饼的我是个小有名气的文人。

我在郑家油饼店休息了半小时,香喷喷的油饼和热腾腾的豆浆落肚后,身上温暖很多,脸上也有了精神气。

走到大街上,人流熙熙攘攘,所有人说好似地在大街上

集合。赶集的小贩、摇着扇子闲逛的妇女、喝早茶的达官贵人，偶尔街道上会出现几声吆喝，那是乘轿的官员刚上完早朝。汴河的虹桥边煞是热闹，驴子、马、人在往桥上赶的时候一起喘气，各种脚步声有节奏地此起彼伏，桥下是官船、渔船、游船在水中行驶，桥上和水中构成了乱哄哄的生活场面。

我和往常一样继续在街上闲逛，准确地说是街在逛我，我没有钱，也没有心情，街道只是我谋杀时间的地方。我喜欢被街道逛，古旧的街道浓缩了世间的现实，轿、马、狗甚至老鼠一起出现在街上，兵士、豪奴、小贩、姑娘的吆喝声交织在耳膜上，官人、富人、穷人和乞丐以各自的姿态出现……奢华和朴素、秩序和混乱、美丽和丑陋、崇高和媚俗、真诚和虚伪、清洁和肮脏都被淋漓尽致地展现。

逛着逛着，街巷深处飘出了妙龄女郎吟唱的风情小调，"才子佳人，自是白衣卿相，"她唱的是《鹤冲天》，一首我填词的流行歌曲。

歌声将我的思绪赶回身体。在某种意义上，正是这首词改变了我的命运。那是我第二次参加京城考试，凭我的才华加上第一次的失败经验，我认为金榜题名肯定没问题，不曾想主考有眼无珠，我竟然再次落第。当时，我还是愤青，满腹牢骚无计可消除，才下上头，又上下头。愤懑中，我去了潘楼东街巷，找了一个叫红翠的相好轻松了一下。

轻松过后，我意犹未尽，写了《鹤冲天》："黄金榜上，偶失龙头望。明代暂遗贤，如何向。未遂风云便，争不恣狂荡。何须论得丧。才子词人，自是白衣卿相。 烟花巷陌，依约丹青屏障。幸有意中人,堪寻访。且恁偎红翠,风流事、平生畅。青春都一饷。忍把浮名,换了浅斟低唱。"

其实也没什么,一个没有被录取的文学青年发发牢骚而已。偏巧红翠觉得这词很好,就唱开了去。红翠是当年最红的流行歌手,什么歌经她一唱就传遍大街小巷。她很好地把握了我的心情,用超脱而飘忽的音色将《鹤冲天》演绎得恰如其分。

曼妙的歌声也传到皇帝耳中,他气量不大,听之后龙颜大怒,并把事情上升到政治高度,认为我牛B得有点过分,诋毁政府的科举制度。他生气地说:"这个人太放荡了,好吧,他既然喜欢浅斟低唱,也不在乎浮名,就让他一心填词吧,不要再录用他了!"

从此,我再没及第过,索性就断了当官的念头。

我继续逛街,朱雀门外街巷、东角楼街巷、潘楼东街巷所有这些熟悉的街道我逐一走过。街上人声鼎沸,车水马龙,但古老的街道却沉默不语,默默地感受行人的脚步,揣测着他们的心情。

正午到了,阳光耀武扬威地爬上我的额头。我的脚有点酸,肚子也有点饿。走到潘楼酒店时,我就进去了。兜里还有些钱,我就点了生炒肺、炒蟹、两个胡饼和一瓶酒犒劳了一下自己。

潘楼酒店生意不错,说各种方言的客人都有,各自推杯把盏,喧闹不已。隐隐约约中,我听见隔壁桌的两个人正用汴京官话议论我。

"开封城里,你最羡慕谁?"

"柳永。"

"为什么？"

"你不知道吗，三等男人下班回家，二等男人家外有花，一等男人家外有家，但即便是一等男人也无法和柳永相比，因为他终年在花街柳巷依红偎翠，处处有花，处处是家啊！"

说完，两人大笑起来。

我很不是滋味，因为他们用最下流的方法误读了我。我也不想这样的，我只是个穷书生，生活所迫，出卖文字给青楼女子，她们红了，付稿费给我，有何不妥呢？我和她们都靠劳动所得来养活自己，她们卖身，我卖文，都是正当生意。至于她们爱上我给我钱花，留我住宿，更是个人私事，旁人管不着的。

想到这里，我多喝了几杯。

酒醉之后通常我只有一种表情，微笑。所以喝玩酒在大街上闲逛于我是很有趣的事情，我会觉得世上每个人对我都很友好。

醉意朦胧中，我来到了大相国寺资圣门前的旧书店，里面有很多书籍在卖。我看了老半天，挑了一本便宜的《李太白诗集》。

我崇敬李白，打小就把他的诗背得滚瓜烂熟。某种程度上，我和他有很多相似之处。李白很狂也爱喝酒，"仰天大笑出门去，我辈岂是蓬蒿人"，"我本楚狂人，风歌笑孔丘"，诗歌风格狂放洒脱，自然率性。如果有机会让我选个古人和我喝酒，我一定选李白。

和我一样，李白的宦途也不如意。也许，做人确实该收敛点，狂傲的人混世界是蛮困难的。尤其是想当官的人，一定要改改脾气，再研究些老狐狸之术什么的，否则碰个头破血流也只能自认倒霉。当然，我没有李白的那份优雅和潇洒，他家境还可以，又有赐酒金牌可以到处喝酒。因此，他可以大呼"天生我材必有用，千金散尽还复来"，而我穷困潦倒、无家可归，只能用"今宵酒醒何处，杨柳岸晓风残月"聊以自慰。

夜幕又降临了，华灯初上，晚市开始了。我又开始犯愁，汴京没有我栖息的家园，我总是生活在别处。

究竟去哪儿借宿呢？

"杨柳岸，晓风残月"听起来很诗意浪漫，但蚊虫太多，也容易感冒，实在不是睡安稳觉的场所。去花楼是个不错的选择，但该去哪家呢？艳儿那儿不能去，老鸨已不允许我在那儿住宿了，小红那儿也不能去，最近她生意不好，恐怕会给她添麻烦。算了，要不就去东鸡儿巷的翠颜那儿吧，一个多月没去了，再说她年轻漂亮，接待的多是优质客户，手头也宽裕。

打定主意，我就往大红灯笼高高挂的东鸡儿巷去了。翠颜热情地招呼了我，这些天她恰好身体不舒服，不能接客，就将我留宿下来。

轻微的呼吸声从床上传来，翠颜睡着了，我独自坐在窗边的椅子上沉思……

昨天的我已然消失，今天的我正在堕落，明天的我前途渺茫。这样的我绝不是我要的我。但面对现实，我无能为力，只能生活在社会为我安排的故事里，无所适从。

鼾声响起来了,我回头看了眼翠颜。在她们眼里,我依然是才华横溢的才子，只是我很困惑，我不知道我究竟是谁,究竟是怎样的人?也许,我只是一个虚无的词人,一个被放逐的闲人,一个毫无目的的流浪者,一个不合格的嫖客。

我又浑浑噩噩地过了一天,这样的我很堕落,我也习惯了堕落,我为这样的我而难过。

城上斜阳画角哀，沈园非复旧池台，伤心桥下春波绿，曾是惊鸿照影来。

《沈园》--陆游

陆游在1151年

每个人都有心痛的时间和地点，即使时间已过千年。

今天我碰到一个朋友，他问我最心痛的时间和地点，我的思想和记忆顿时凝聚在那个时点：1151年3月5日，沈家花园。

3月5日是一个传统节日，大禹的诞辰。大禹是水利工程专家，当过皇帝，给老百姓做过好事，所以，每年3月5日全国各地都会搞纪念活动。和所有人一样，这日我也去了城东南的大禹纪念堂参加活动。领导讲完话后，我顺道去沈家花园玩赏，闲着无事，又到卧波小亭买了2文门票去钓鱼。

春波碧池，垂柳弄姿，我的眼睛直勾勾地盯着湖面。忽然，湖面上映出了一个妩媚而又熟悉的身影。我以为这是梦，揉了揉眼睛又掐了下人中，终于明白不是梦。我回过头，爱情刺遍了全身，痛楚扰乱了心神……。

那个女人叫唐婉，我和她是表兄妹，也是拜过天地的恩爱夫妻。我们的悲剧来自一个我叫她"妈"的老女人。一日，她上街买菜，和一个卖菜的色目人扯家常。饶舌的色目人告诉她一个科学理论，近亲结婚影响下一代。

我妈很信这个，从菜场回来之后就逼我立书休妻。

吾爱吾妻,但吾更爱伦理,无奈之下只能阳奉阴违。一面写休书,一面用赚来的稿费在外面给唐婉租房。三天两日去那儿看她,依旧过着夫妻生活。谁料丫鬟告密,东窗事发,两人从此诀别。虽同在绍兴却咫尺天涯。

看着熟悉的面容,我装作无所谓地歪了一下头,想把相思的浓云从心上抹掉,因为她边上有个男人。

唐婉大大方方地走了过来,低声问:"你在钓鱼吗?"

我强笑了一下,说:"放翁之意不在鱼,解解闷而已。"

那个男人似乎知道我,过来接过我的鱼竿,说:"陆兄,婉儿,我在这儿钓钓鱼,你们叙叙旧吧。"

我和唐婉走了五分钟左右,来到咸亨酒店,表妹像以往一样给我倒起了酒。看着她柔洁的玉手、碗里香郁的黄酒和碟中干瘪的茴香豆,我想起了单身男人的孤寂,想起了耳鬓厮摸的幸福……旧愁连绵,新忧郁结。于是,所有的痛苦与无助都从眼眶里笨拙地滑落,掉入醇香的碗中。

再看唐婉,她正用哀怨的眼神凝视着我。

我再也无法自已,一扬头,喝下了那杯和着泪水的酒,借着朦胧的醉意我轻轻哼了首歌:

> 红酥手,黄滕酒,满城春色宫墙柳。东风恶,欢情薄,一杯愁绪,几年离索。错!错!错!

那是我们最后的午餐,有酒,有音乐,有阳光,却没有快乐。

回家以后,我立下誓言:除非有一个和唐婉长得一模一样的女人,否则一辈子不娶。不过,世事无常,我妈给我找来了一个女人,长得和唐婉一模一样。但我知道她不是,唐婉的脚心有一颗痣,而她没有。

我没违背誓言,和那个女人结了婚。我俩只有性没有爱,我终日在无爱之欲中沉醉。每到春暖花开的日子,我依然会慵倦地喝酒,吟唱着忧伤,胡思乱想。

后来,唐婉死了。她给我留下了一段文字:

> 世情薄,人情恶,雨送黄昏花易落。晓风干,泪痕残,欲笺心事,独语斜阑。难!难!难!

我知道,唐婉其实不是死了,而是不想活了。从此,我的爱情就一直凝固在1151年3月5日。后人都说我们的爱情永垂不朽,但我宁愿我们能终生相守。

850年后当我的灵魂飘过绍兴上空时,听到有个叫那英的女歌手唱《相见不如怀念》。我也开始怀念,怀念那个春天,沈家花园,还有咸亨酒店。

黑压压的藤蔓发疯似地缠绕在砖瓦上，显得屋子没有丝毫激情，倒是匍匐在门口的野猫用发光的绿眼扫去了月夜的几分寂寞和清凉。

梦游者徐文长

墨蓝的天空横着一弯冷月，半明半昧，徐文长独自站在稻田边，酣畅地撒尿。

眼前，暗绿色的磷火忙乱地跳跃，仿佛漂浮于空气的夜的精魂向他挑衅，庄稼的眼神很古怪，用瞻仰怪物的眼光看着他。他有点恐惧，如同赤身裸体置身于透明监狱。这恐惧让他连尿都没撒完。

天和地之间充盈着摄人的阴森之气，压抑着徐文长的胸口，这压抑越来越重。他很想大声说话，但他分明又看到周围有无数耳朵在晃荡，耳朵丛中夹杂着很多长矛，他胆怯了。

青蛙们倒是很兴奋，呱呱乱叫，聒噪声越来越大，轮流冲击徐文长的耳膜。眼前又有千万张血红大嘴大声斥责他，嘴巴后面则是戴着各式帽子的怪人，唾沫像浑浊的激流一样向他涌来……

徐文长的脸由红转青，顺手抄起一团烂泥掷过去。聒噪消失了，人群也不知去向。烂泥坠落处诞生了一堆冷漠的月亮。他欣喜地奔过去，一个趔趄，"扑通"一声，四脚朝天倒在稻田中央，他重新站起来，又奔过去，又是一个趔趄，又是

"扑通"一声……

无数次"扑通"后，徐文长动弹不了了，呈大字形躺在污泥中，望着天空。月亮挤出弧形的笑容，似笑非笑地看着他晦暗的脸。

不一会，一团厚重的云涌了过来，月亮不见了，只剩下令人窒息的黑暗。

一阵"咕咕"声从遥远的腹部传来，徐文长饿了。刚作此想，白花花的"饭团"就在月光的清影中跳动。他伸手一抓，握住个湿漉漉的东西，"湿饭团"被塞进嘴里，作了稍许抵抗，终究还是投降了。

五分钟后，徐文长感到反胃，恶心像乌云一样布满胸腔，接着是哗拉拉一阵雷雨从喉咙口倾泻而出……

徐文长虚脱了，他感觉大地开始生烟，世界在疲劳的虚幻中缓缓凹陷，脚边是一望无底的深渊，深渊尽头依旧是深渊。正诧异呢，一只大麻袋从僵硬的天空中飘下，把他罩入无边的黑暗。漆黑中，不知名的小虫撞击着他的身体，扎出密密麻麻的疼痛。他大声哭、大声笑，大力挣扎，想挣脱这坚固的黑暗。只是，麻袋越收越紧，令他目眩，令他窒息。

一声长啸过后，袋子里有了些许暗蓝色的光。远方打开了一扇神秘的窗，一位青年书生在温暖的书房里认真看书，旁边有个温柔女子给他添茶，桌上的银盆放着鲜红欲滴的水果，缕缕芬芳从香炉里溢出来，屋子格外幽静。

徐文长觉得年轻人酷肖自己。定睛一看，那人又戴着镣铐，头上还插块牌子：徐文长，男，号天池、青藤道士，别号田

水月,浙江绍兴人。

　　他暗自思量:若"他"是徐文长,那"我"是谁呢?徐文长很困惑。这时,"他"却拿着把愤怒的利剑砍杀过来。他恐惧极了,绝望地闭上了眼睛,"他"消失了。

　　重新睁开眼时,窗户、女子、利剑都不见了,眼前一片黑暗,只有阵阵鼓噪声继续敲打耳膜。世界也疲惫很多,一阵风吹过,徐文长打了个寒战,觉得有点冷,就站了起来,他很怀疑刚才的景象是一场梦,但这又不合逻辑,很长时间他都无梦可做了。

　　朦胧中,徐文长走到一间破屋前,黑压压的藤蔓发疯似地缠绕在砖瓦上,屋子显得没有丝毫激情,倒是匍匐在门口的野猫用发光的绿眼扫去了几分月夜的寂寞与清凉。

　　借着歪斜的影子,他撞向屋子,门不情愿地发出吱扭的声响。

　　徐文长进去了,四周斑驳的墙轻蔑地笑了笑,无言地审视着他,猛地牵着手向他扑来,仿佛要吞没这瘦弱的躯体。他使劲跺了跺脚,墙怔住了,慢慢退回原位。

　　冷汗过后,徐文长缓过神来,感到有丝丝明朗的阳光渗入脑袋。摸到火石后,他点燃桌上的油灯。

　　跳跃的火焰鬼魅似地穿过眼睛,眼睛也穿过灯火,一幅绝美山水画出现在湿润迷濛的空气中,山长满了发霉的绒毛,水腾空而起,转眼间山幻化成仰天大叫的肥鹅,水变成飘逸酒香的酒坛,变化越来越强烈,一幅幅画卷频繁在虚空中闪烁。迷离中,炊烟像袅袅的舞伎一样款款而来……

　　徐文长提起笔,开始作画。铺开画纸,精神就欢快地流淌起来。不一会,山、水、炊烟和肥鹅就在画中融合,白纸上墨像淋漓,锐气袭人,山、水、鹅都骚动起来,而他也飘入画中。画、画中的物和他都飘了起来,游离入若有若无的空间。

徐文长眼里充满了清澈和透明,潜意识里,青年时期那种恣肆、冲动、热情、混乱的力量在体内复活了,他觉得自由极了,不禁放声歌唱。

徐夫人被歌声惊扰了,半是梦呓半是责怪,"相公,别瞎折腾了,该歇息了。"

徐文长傻笑起来。

徐夫人在床上动了一下,发出长长的叹息,又睡着了。

徐文长也趴在桌上打起了呼噜。睡着睡着,几片清风吹到徐文长沾满泥巴的脸上。他醒了,觉着脸上紧绷绷的,头很痛,肚子很饿。他想起傍晚时分因为心烦意乱而出去散步,接下来就记不得了。

清醒后,徐文长开始想明天要做的事。

明天,他要去岳丈家借粮食,到镇上卖字画,养活老母亲、老婆、两个儿子、一个女儿、三只鹅、五只鸡;明天,他需要给蔬菜施肥,忍受老婆的恶语;明天,他依然要撒尿、洗脸、走路。后天,生活还是如此单调无聊。他想到了前途,前途如缥缈的浓雾,扯不住也看不清。他也想起了理想,理想好似黑暗,现实好似光明,清晨从床上醒来,理想就杳然不知去向。

想着想着,头又痛了起来,像裂开一样,身体也不由自主地颤抖。

　　这时,清幽的月光慢慢地躲进云层,链条般坚固的藤蔓热切地向他挥手,徐文长情不自禁又站了起来,蹒跚着步入黑魆魆的夜幕。

一个朋友曾经这样描绘我："其人其笔两风流，红粉青山伴白头。"这句话，我是很喜欢的，试想一下，饱食天下美味，广阅人间美色，可以旅游，可以写诗，又很出名，还能活到82岁，谁会不羡慕我呢？

享乐主义者袁枚

"古有曹子建，才高八斗，今有袁子才，比他多一斗。"

这是大家对我的评价，我很谦虚，但这个评价我没意见，你倒过来读一下我名字就知道了。还有，见过十二岁就成为秀才的吗？很少，真的很少。

什么！甘罗十二拜相？

拜托，有没有品位，多读点书好不好，当官需要很出众的文才吗？需要吗？

我也有机会当大官的。那日，我满怀信心参加国家最高级别的点翰林考试，志在必得。凭我的才华，文学、算术、天文、地理甚至军事都没有问题，但我万没想到主考官竟然让我考外语！

切，20人当中就我一个考外语。枉我满腹经纶，面对弯弯曲曲的满文，徒呼奈何。我很后悔，后悔没有认真学外语，我也很生气，对科考合理性表示怀疑。

恼怒和后悔都于事无补。在满人掌握主流话语权的时代，这一失败等于废掉了我成为大政治家的可能性。不过，这也使我的心情变得轻盈起来，仿佛搬掉了压在心头的大

石头。

退一步海阔天空,对于不热衷政治的文学青年来说,世界上还有很多快乐的东西值得追求,比如饮食,男女,读万卷书,行万里路。想想看,我们是怎样来到世界上的,说得含蓄点,我们都是快乐的产物,假如不是两个人,至少是一个人的。既如此,人生在世,何不及时行乐?

曾经有人问我:"可以好色吗?"

我反问:"为什么不?"

随后,我把好色又上升到理论高度,我说:"按照对女色的态度可以将男人分为三种。好色不动心的是圣人,好色又动心的是凡人,不好色不动心是阉人。由于大多数男人是凡人,因此大家都好色。"

我结过6次婚,坦率地说,除第一次外都是被迫为之。那个年代还是封建社会,有句话叫"不孝有三,无后为大"。从第一个老婆开始,生的全是女儿,为延续袁家香火,我不得不连续结婚。终于,第6个老婆为我生了大胖儿子。打那以后,我再没娶过。

有那么多老婆,按理说我该知足了,只是时间久了,老婆难免让人产生审美疲劳,而欲望又是无限的,所以,很多时候我就去风月场所。

去风月场所,自然非正人君子所为。不过,历史上很多风流才子都有此爱好,比如谢安,李白,杜牧。谢安曾经携妓游东山,李白也曾"载妓随波任去留",杜牧更是"十年一觉扬州梦,赢得青楼薄幸名"。我也好风月,喜欢在性灵的沉醉中体验生命的轻逸。我想,欲望和情感兴许是割离的。

除了好女色之外，我也好自然景色。细究起来，两者也是有联系的。《诗经》上就说，"委委佗佗，如山如河。"

徜徉于青山绿水，我的灵感会不断迸发，每次纵情山水都像是一次痛快淋漓的恋爱。

"有目必好色，有口必好味。"所以，孔老夫子也承认"饮食男女，人之大欲存焉"。我是人，当然也喜欢美味，我一辈子都在努力当"食不厌精，脍不厌细"的美食家，希望尝遍名点佳肴，享尽口腹之欲。

当然，对文学青年而言，文学才是命根。我喜欢文学，一方面，我觉得文学是灵魂的器官，它能带来荡涤身心的愉悦。另一方面，文学还可以带来世俗的欢乐。

八斗青年之兄曹丕不无感慨地说："盖文章，经国之大业，不朽之盛事。"他的意思是说，如果把文学搞搞大，可以用来管国家，也可以让个人出名。因此，我一直想着如何把文学搞大。在这种思想指导下，我的名声越来越大，虽没搞到经国的层次，但赚的稿费却是越来越多了。讲到钱，很多人似乎很不屑，尽管我也认为君子应忧道不忧贫，但不忧贫总是好事，毕竟可以专心忧道了。

女色、饮食、山水和诗文，这是我人生四大主旋律，它们都给我带来了轻逸的快乐。我以为，人生的最大目的就是快乐，享乐。至于是肉体之欢还是灵魂之悦高贵，于我是无所谓的。

精神和肉体的双重快乐赐予了我旺盛的生命热情，让我更懂得生活，去做喜欢的事情。

因为喜欢，我冒天下之大不韪收了100多女弟子。很多

人怀疑我想搞师生恋,但那时我已74岁了,有心恋爱也无力做爱。

其实,我只是喜欢,喜欢女子,喜欢诗歌,喜欢和女子谈诗歌,如此而已。

一辈子在脂粉堆中摸爬滚打。很多人把我比作小蜜蜂,到处拈花惹草。不过,我觉得我依然很纯洁。男子是泥,女子是水,和那么多柔情似水的女子在一起,我能不纯吗?

这样说可能有剽窃曹雪芹理论的嫌疑,但细究起来,我和他还真有渊源。据我私下考证,我的随园就是当年曹氏家族居住地,曾经的温柔乡和女儿国。为此,我专门斥资重新修建了衰败的园子,意欲恢复其往日盛象。修缮一新,我忙不迭地呼朋引伴,邀他们观春柳夏荷,赏秋月冬梅,品四海美味。虽不复其当年之繁华,但还是找到了些许梦回大观园的喜悦和沧桑。

有个朋友曾经这样描绘我:"其人其笔两风流,红粉青山伴白头。"我很喜欢这句话,试想一下,饱食天下美味,广阅人间美色,可以旅游,可以写诗,食尽天下美味,人又很出名,还能活到82岁,谁会不羡慕我呢?

不过,即便如此,我还是有点遗憾。作为一个享乐主义者,一直以来总有个怪异的想法困扰我:人死之后,脱离肉身,变成轻盈的鬼。不知道鬼靠什么感知快乐?

撕打名著

撕打是暴力行为。之所以撕打是因为敌人过于强大，名门正派的招术会被轻易拆解，只能乱打一通毫无章法的老拳。或许，永远都伤不了敌人。但是，撕打有种革命的快感

近日,吴承恩导演的《西游记》在海内外引起了极大反响,各方好评和歪评如潮。为此《大明日报》记者胡来专门对吴承恩进行了独家专访,以下是胡来和吴导的精彩对话。

吴承恩导演的独家访谈

胡来(一本正经):尊敬的吴导,你看上去很老实,为什么能搞出这么好的片子?据说咱要拿《西游记》到S国参加奥斯卡了,这多给大明人民长脸啊?

吴承恩(大笑):老实?哈哈!莫不是你暗示我长得不够帅。这种比喻很流行吗?你倒不如说我长得很安全,哈哈!

胡来(诚惶诚恐):没有,没有。吴导,我没别的意思,我对你的景仰犹如长江之水,连绵不绝……

吴承恩(语重心长):三峡都成功截流发电了,我们不能浪费水资源。

胡来(很佩服):吴导,你的想象力真丰富,怪不得能塑造出孙悟空那样的人物,聪明能干,脸瘦削,身材好,上闹天宫,下搞龙宫,真不简单。吴导,能不能透露一下这个人物的灵感来源?

吴承恩(试探):有没有酬劳?

胡来(迟疑了一下):给我独家,报社可以支付费用。

吴承恩(爽快):好,那我就透露给你,孙悟空原型是我结发妻子。

胡来(惊讶):啊!你老婆有特异功能?

　　吴承恩(得意洋洋):哪里,我是说她激起了我的创造灵感。她是个美丽女人,身材苗条,头脑聪明,经常改变发型和衣着,每天都给我新鲜感。若有朋友欺骗我,她总是一眼识破,让我在人生旅途上少走了很多弯路。和她在一起,我智商也提高不少,原来是85,现在已飙升到185了。

　　胡来(感叹):得妻若此,夫复何求啊!

　　吴承恩(感叹):哎,可她也是制造麻烦的女人!

　　胡来(奇怪):嗯?

　　吴承恩(沮丧):她是个大醋坛,每当我和漂亮女演员在一起,她就大喊:"妖精!妖精!"弄得女明星们都不肯与我合作。另外,女人太聪明能干,就不把男人放在眼里,这让我有挫折感。

　　胡来(恍然大悟):哦,我明白了,所以你要搞个紧箍咒来控制电影里的孙悟空。

　　吴承恩(微笑):要有紧箍咒就好了,那只是我的理想。

　　胡来(伸长耳朵):金箍棒是咋回事?

　　吴承恩(挠了挠头):那是一种精神象征,代表"只要功夫深,铁棒磨成针"的执着。拥有执着精神的人可以战胜诸多对手、克服众多困难。

　　胡来(喝了口茶):哦,有道理。能说说猪八戒吗?大家觉得他很可爱。

　　吴承恩(轻描淡写):他的原型是我二奶。

　　胡来(张大嘴巴):啊,猪头是你二奶,没搞错吧?

　　吴承恩(镇定):没见过世面,有钱人三妻四妾很正常的,如今的达官贵人有几个从一而终?

胡来(脸有点红):不是,我是说猪怎么会和二奶联系在一起?

吴承恩(镇定自若):OK,听我说嘛,尽管原配很漂亮,但我仍觉得不如意,她太瘦,不够丰满也不性感,像个猢狲精。这诱发了我要个胖女人的动机,胖女人脾气好,肉感些,比较符合我的胃口。还有,大老婆是性冷淡,所以我刻意找了个放荡点的二奶,猪八戒正是以她为原型的。

胡来(摸了摸鼻子):那你应该很快乐了?

吴承恩(很难过的样子):没有,我没想到二奶这么笨。子曰:胸大无脑。果然没错!她又笨又懒又馋,有事没事和大房争风吃醋。结果,家里都没人愿意做饭,弄得我经常这一顿没下一顿的。

胡来(开心):哈哈,我知道啦,沙僧原型是你三姨太,对吗?

吴承恩(微微一笑):恭喜你,答对了。你的智商还是挺高的,沙僧原型是我三姨太。因为没人做家务,我很无奈,尽管老大、老二不乐意,我还是讨了。三姨太没老大聪明,也没老二性感,脸上有很多雀斑,走路也有点外八字,但她实用忠诚,人也贤惠,很多粗活都主动揽下,老大老二吵架,她还会去劝。

胡来(流口水):真羡慕你啊,有三个不同类型的女人。那白龙马呢,依此类推,它的原型应该你的四房?

吴承恩(扭了下脖子):你错了,白龙马是我家小保姆。经历三次婚姻后,三个夫人都竭力反对我再娶。尽管我很想,但压力太大,只能"明修栈道,暗渡陈仓",招个小保姆。

吴承恩披露：孙悟空原型是我的发妻；猪八戒的原型是我的二奶；沙僧的原型是三……

小保姆气质还是不错的,祖上几代还是贵族,因为家道中落才当了保姆。她很勤劳,洗衣、做饭、拉磨一人承包。她来了之后,老三轻松不少。

胡来(脸上堆笑):这么说你就是唐僧喽,吴导,你真是艳福不浅啊!

吴承恩(摆摆手):哪里,哪里,娱乐圈嘛,常在河边走,怎能不湿鞋。

胡来(疑惑的眼神):可电影里唐僧是和尚,正人君子一个,怎么能和你一样好色呢?

吴承恩(跷起二郎腿):角色和现实生活中的人总是有差距的,唐僧好歹也是取经四人组组长,银幕形象绝对不能差。至于好色,你应该知道的,"空即是色,色即是空"。

胡来(手托腮帮):我明白了。吴导,有一点我不大明白,为什么要让师徒四人历经劫难去西天取经呢?

吴承恩(正经):真经即幸福,取经的过程就是追求幸福的过程。不过,取经很辛苦,要翻火焰山,过通天河,三打白骨精……历经坎坷方能修成正果。

胡来(眼睛里发出亮光):吴老师,你是不是要告诉大家,作为男人,拥有三个不同类型的老婆和一个能干的小保姆后就幸福了呢?

吴承恩(淡然一笑):这是对影片的最庸俗解读。但即便是从这层意义上来说,我也没得到真正的幸福。生命是有限的,欲望是无限的,把有限的生命投入到无限的欲望中去总不会得到满足。相反,若无欲无求就永远有满足感,人就可以轻松达到极乐境界。

胡来(有点疑惑):难道和尚就是世上最幸福的人。

吴承恩(摸了摸鼻子):无欲无求只是幸福的一种,关键是知足。你看,春有百花秋有月,夏有凉风冬有雪,若无闲事挂心头,便是人间好时节。

胡来(抬了下眼镜):这样看来,如每个人的内心足够强大,幸福就离我们不远。电影里唐僧师徒也取到了真经,给了个功德圆满的结局。

吴承恩(深沉):总要给人希望吧,哪怕这希望可有可无,终究可以望梅止渴。

胡来(严肃):我还有个问题,是代我们总编问的。他是个喜欢刨根问底的家伙。他问,取到真经以后怎样了?取经的取经,封官的封官,赦免的赦免,但普通大众追求的幸福究竟在哪里?

吴承恩(眼珠转了一下):首先我要声明,"本片故事,纯属虚构,如有雷同,实属巧合"。周总编说的寓意,可能有,也可能没有。至于幸福究竟在哪里,其实刚才我已经变相回答了你。当然就影片本身来说,以怎样的结果收尾是无所谓的,关键在过程,能吸引人就行。我问你,你会唱电影版《西游记》主题歌吗?

胡来(有点茫然):会唱。

吴承恩(微笑):唱唱看呢?

胡来(清了清嗓子):幸福在哪里呀,幸福在哪里,幸福在那小朋友眼睛里……

吴承恩(赞许):是啊,长大以后才明白,纯真无邪的小朋友们是最幸福的,他们也是八九点钟的太阳,是祖国的未

来。

胡来(站了起来)：谢谢吴导。

（采访结束）

刘备拿过来一看，原来是老婆孙尚香发来的短消息，总共八个字"兄弟齐心，其力断金。"刘备的心态发生了微妙的变化，对孙权开始放松警惕。

第 四 者

这是个摆设简单的屋子，只有一个红泥小火炉和一张风格典雅的桌子。此刻，正是寒冬腊月，窗外飘舞着片片雪花，但这一切丝毫不影响室内温度。

桌边围着四个神情严肃的老男人，他们如火如荼地搓着麻将。这是一局赌注非常大的麻将。谁赢，谁就赢得天下。

坐在下首的是刘备，他的上家是曹操，下家是他大舅子孙权，对家则是曹操带来的陌生人，长相斯文，气质儒雅。不过，刘备和孙权都不认识他。

刘备有些紧张，摸牌的手有点颤抖。他以前玩的麻将都不大，突然面临一个大赌局，显然不太适应。刘备清楚地认识到，这么大的赌注，玩的就不仅是麻将了，更是在玩命。

刘备参加赌博完全是偶然的，确切地说是被别人拖下水的。但他运气好，几年时间就完成了空麻袋背米的过程。从内心深处来说，刘备非常感谢曹操。有一次，他输得特别惨，连老婆孩子都输掉了，是曹操帮助了他，借给他本钱。否则，他根本没有翻盘机会，更不消说坐在这儿玩如此大的麻将了。感谢归感谢，但今晚他必须赢曹操，别无选择。

曹操的心情相对轻松点，财大气粗，自然没心理障碍。

况且,他有备而来,带的朋友和他是联档模子。任务是帮助曹操做好牌,赢下这一场关键赌局。

在曹操看来,刘备要比孙权难对付一点,因为刘备的牌没有路数。他在小赌局中常输,但在大赌局中却常赢。有一次,曹操喝醉后曾对刘备说:"天下麻将搓得好的人很多,但若论麻将圈中的英雄豪杰,只有你我二人。"

孙权也全神贯注地审视着牌局,他是南方人,擅长南方麻将,和北方规则略有不同。不过,天资聪颖的他很快适应了北方玩法。孙权的麻将风格小心谨慎,其麻将战略是保平争胜。此刻,他额头上也有了汗珠,和妹夫刘备一样,他也从没赌过如此大的麻将。

曹操的朋友看上去像个配角,眉头紧蹙,沉默寡言,不太引人注意。

今天这副牌很巧,大家各做一门花色。刘备做万子,曹操做饼子,孙权则选择了梭子。

刘备尽管紧张,但心里很亮堂。铆牢上家,防住下家,这是他的策略。相对而言,他把更多精力放在了铆住上家。因为孙权和他有个君子协定:联手把曹操做掉,然后平分天下。不过,协议归协议,刘备还是留了个心眼。因为好朋友诸葛亮告诫他,孙权并不牢靠。

和刘备相比,孙权的任务相对轻一点。上首是刘备,下家是曹操不起眼的朋友,进可攻,退可守。孙权想:今天应该不会太糟糕,即使机会不是很好,那么和刘备联手至少可以和曹操打个平手。

时间在一分一秒流逝,桌上牌势越来越紧张。尤其是刘备,盯得很牢,牌摸至一小半就吃了曹操两把,令曹操很不爽。

孙权打得还颇自如。虽然刘备明松暗紧,没吃上几口,但是和妹夫的合作还是在朝良性方面发展。

曹操看上去已经没有最初潇洒自如了。他嗅出了孙刘联盟的味道,不过曹操还是蛮有信心的,只要自己带来的人配合,即便孙刘联合他照样能赢。更何况,亲兄弟都明算账呢,他相信孙刘联盟会在最关键的时刻自动瓦解。

曹操的朋友确实像个陪太子读书的,万子、饼子和梭子都扔,没章法可循,只是打得牌都让曹操极舒服。

激战正酣之际,桌上手机"叮铃铃"地响了。是刘备的手机,他拿过来一看,原来是老婆孙尚香发来的短消息,总共八个字"兄弟齐心,其力断金。"

刘备的心态发生了微妙的变化,对孙权略有松懈。

桌面战局也变化了。

首先是孙权,他接连摸进几张好牌,离开"轻一色"已经不远了。孙权想都没有想,连吃刘备三口,将他包掉了。

刘备更紧张了,额头出现了湿润的光泽,他心想,"万一孙权变卦的话我可惨了,不如先保住自己再说。"于是,刘备在继续吃住曹操同时,开始盯住孙权。

由于被刘备连吃两口,曹操也有点忌惮,不敢任意妄为。令他诧异的是他的朋友,中盘过后,打出的牌很诡异,让他觉得没有先前那么舒服了,尽管他不停地用干咳暗示,他的朋友依然故我,脸上没有任何表情。

场面开始进入僵持阶段,空气很紧张,牌越摸越少,话

曹操做梦都没有想到，叫过来帮忙的人竟然背着麻坛三大高手搞了这么一副大牌。

　　"衰，司马懿无心，我不知矣！"

也越来越少。

　　大约剩下两圈牌时,曹、刘、孙觉得这把牌可能要黄掉了,都采取自我保护策略,盘面也进入了收官阶段。

　　最后一张牌是曹操的朋友摸的。他用手捏了捏,是个"中",只见他将牌一推,冲三个人微微一笑,用舒缓的男中音说:"不好意思,我赢了。"

　　刘备、孙权和曹操面面相觑,都傻眼了,因为他做的是麻将中最大的牌:字一式。

　　曹操尤其意外,他做梦都没想到叫过来帮忙的人竟然背着麻坛三大高手搞了一副这么大的牌。他瞪着大眼睛,把对家的牌盯了老半天,长叹一声:"司马懿之心,我不知矣!"

　　按照先前定下的规则,司马懿赢得了天下。

27岁时，诸葛亮已经声名远播，坊间流传这样一个恒等式：诸葛亮=半壁江山。在这种说法蛊惑下，刘备就冲动地去找诸葛亮了。

二 十 四 点

诸葛亮智商很高，小时候和庞小统、徐小庶玩二十四点，他总是第一个算出来，而且能想出多种方法。因为算二十四点方面天赋的缘故，诸葛亮被誉为"神机妙算"。

据说，有个老先生曾给诸葛亮做过智商测试。结果，无论数字游戏还是心理测试，诸葛亮都是满分。老先生预言，"智商方面，举国能出诸葛亮之右者寥寥矣。"

16岁时，诸葛亮娶了个奇丑无比的女子做老婆，很多人不理解。不过，诸葛亮不在乎，他认为丑婆娘和美娇娘本质是一样的。老婆主要功能是生子和操持家务，从这个角度来说美女和丑女的区别就像四六和三八，殊途同归。

诸葛亮有午睡的嗜好，午睡时，无论有多大事都不能喊醒他，否则他会很生气。因为午睡的爱好，很多人称他为"卧龙"。除了午睡，诸葛亮还有很多爱好，比如官府布告栏上的小强填字游戏，还有摇摇鹅毛扇、作作诗、弹弹琴、喝喝茶什么的。

和很多男人一样，诸葛亮也关注国家大事。他经常用二十四点的逻辑来推演政治和军事问题：设定目标，寻求各种方式和方法达到。这种思考方式使得他看问题比常人更

直接、锐利、全面。

27岁时，诸葛亮已经声名远播，坊间流传着这样一条恒等式：诸葛亮=半壁江山。在这种说法蛊惑下，落魄贵族刘备就冲动地去找诸葛亮了。

历史上，关于刘备去诸葛亮家的情形有很多说法，比较可靠的是下面这种。

那天，诸葛亮正在午睡，一睡就是三个时辰。由于时间太长，等候在门外的刘备实在憋不住，就去了三次茅房。

傍晚时分，诸葛亮醒了，他先伸了个极为舒展的懒腰，然后逍遥地吟了首诗，"大梦谁先觉，平生我自知？草堂春睡好，赛过吃补药。"

随后，诸葛亮问书僮，"睡觉前我看到有人等在门外，走了没有？"

书僮答："还在门外蹲着，看上去很有耐心。"

"请他进来。"诸葛亮吩咐道。

就这样，刘备在上过三次茅房后终于见到了诸葛亮。

相互介绍后，宾主双方入座。

诸葛亮开门见山地问："先生见我的目的是什么，不妨直言。"

刘备惊讶于诸葛亮的直率，在他印象中，读书人都是拐弯抹角的。不过，他喜欢直截了当的方式。于是，他老老实实回答："我想请先生辅佐我统一中原，重建刘汉王朝。"

"你倒蛮有理想的嘛。"

"夫志当存高远，因为有理想，毛毛虫可以变成蝴蝶，更何况人。"

"你手中有什么牌好打？"

"我姓刘，细究起来是当今皇帝的叔叔，简称刘皇叔，根正苗红。我还有两个武艺超群的结拜兄弟，一个叫关羽，一个叫张飞。人际关系方面嘛，我也处得不错，很多人都卖我面子。当然，最重要的是我拥有一颗仁慈的心，俗话说'仁者无敌'，这是很有道理的。我就这几张底牌，就当是赌博吧，人生难得几回'博'，不博不精彩！"

诸葛亮边听边掐指算刘备的命运。按照二十四点的逻辑，这些牌算出成功结果的概率不高，何况他的牌未必都是真的。不过，刘备的最后一句话打动了他。刘备是个赌徒，有将脑袋和人格一赌的豪气，这是大政治家的气魄，这样的人应该有前途。念及此，诸葛亮答应了。

行军打仗对于诸葛亮来说和算二十四点区别不大。先明确目标，然后用各种手段实现。为了胜利，可以用火去烧，火烧新野、火烧博望坡、火烧赤壁都是经典案例，也可以用美男计去骗，必要时连刘备都可以当工具……只要能保证目标顺利实现，可以不择手段。

一次次胜利后，刘备终成气候，在四川建立了蜀汉政权，和曹魏、孙吴政权三分天下。诸葛亮也觉得离最后的胜利越来越近了，他为刘备制定了联吴抗曹的策略，联手灭魏后再慢慢对付东吴。

按照诸葛亮的计算，成功只是时间问题。

人算不如天算，诸葛亮没想到竟然是刘备把他的如意算盘拨乱了。在关羽和张飞两个结义兄弟死后，刘备情绪失控，和盟友孙权翻了脸，导致了战略上的重大失误。

二十四点逻辑中最忌讳的：报仇事小，复兴事大，为泄一时之愤把最终目标都扔了，怎能够得出好结果呢？

　　这种做法，在二十四点逻辑中是最忌讳的，报仇事小，复兴事大，为了泄一时之愤把最终目标都扔了，怎能够得出好结果呢。

　　"一招不慎，满盘皆输"，由于急火攻心，刘备攻打东吴时被陆逊火烧连营，大败而归，并因此落下病根，不久即撒手人寰。

　　刘备的继任是刘阿斗，一个捧不起的烂冬瓜，没有胆量，更缺乏乃父的豪气。面对阿斗，诸葛亮综合各方面因素掐算了无数次，掐来算去，不是十三点就是二百五。

　　诸葛亮绝望了，这是一手算不出二十四点的死牌。碰到这种牌，有两种选择，一是认赌服输，彻底放弃，二是作无谓的殚精竭虑，鞠躬尽瘁，死而后已。

　　诸葛亮选择了后者。

无缘可去补苍天，一生坎坷若飞烟。卞和脚残擎祸端，新莽补缺也枉然。昨日祖龙筑长城，今日布衣游禁苑。万古江山迭变更，帝王春梦都扯蛋。

石 头 记

其实，每块古老的石头都有一个长长的故事，或离奇，或凄惨，让人叹息也让人同情。我也是块有故事的石头，但我的故事与众不同，也许，我是世界上最沧桑的石头。

给你讲一下我的故事吧。

N年以前，天不知道给哪个精力旺盛的神仙捅了个窟窿。这下糟糕了，天塌了，地陷了，洪水从天空漏下来，各路妖魔鬼兽都冒了出来，老百姓呼天抢地，处于水深火热之中。

幸好，勇敢的女娲MM挺身而出。她是个女郎中，把完天脉后告诉百姓，"天无大碍，补块皮肤就可以了。"

随后，女娲满世界找补天材料，收齐各色泥土后就去了大荒山无稽崖青埂峰，用三味真火炼了49天，炼成36502块石头。随后，她用36500块石头做完了补天手术。

$36502-36500=2$。剩下两块，一块是我，另一块就是《红楼梦》中被镌刻"通灵宝玉"四字的著名石头。

女娲看着我俩很惋惜，叹道，"既然无缘补苍天，就索性留在红尘游历吧。"说罢，飘然而去。因为经过一番天奇地灵的煅炼，我们灵性已通，看见众兄弟都去补天，惟独我俩

被晾在一边,不免有些情绪,终日自怨自怜。

若干年后,大荒山无稽崖青埂峰属楚国领地,因为补天的缘故,成了旅游胜地。

这日,来了个叫卞和的楚国人,他恰巧是从事石头研究工作的。游玩半天后意犹未尽,就顺手抄了块小石头在我身上写了"卞和到此一游"六个字。石尖划过我身体时发出了清脆的声音,专业的卞和马上通过声音判断我绝非俗物,如获至宝般地抱起了我。

这一抱也让我就此踏入滚滚红尘。

卞和是个爱玉如命的人,我以为他会将我一直收藏下去,没想到,这家伙决定将我献给楚王。我一直没弄明白他将我献给楚王的意图。卞和的解释是希望通过国家收藏证明我的价值。但很多人都认为他是想讨楚王的欢心,赏个一官半职什么的。

第一次向楚厉王献玉,卞和左腿没了。

原因很简单,因为我貌不惊人,看上去只是块普通石头。楚厉王日理万机,难得有时间接见平民百姓,看到卞和用石头晃点他,心里很不爽,一怒之下就砍掉了他的双腿。

第二次献玉是献给楚武王,武王和乃父性格爱好如出一辙。于是,卞和的右腿也消失了。

痛定思痛,痛何如哉。固执的卞和决心坚持信念。在心底总有首小诗激励着他:生命很可贵,爱情价也高。若为宝玉故,两腿皆可抛。

几年后,楚武王死了,楚文王即位。

身残志坚的卞和决定再赌一把,献之前他做好了心理和生理的双重准备。他也很好奇,想知道楚王的下一刀会砍哪个部位。不过还好,老天保佑这个没有腿的苦命人。楚文王为人和善,喜欢收藏珠宝。他赌赢了。

献玉当晚,楚文王叫专业玉石工将我剖开。一番周折后,我终于露出了皎洁的面目,宝光令人目眩,气质剔透,整个王宫亮如白昼。

文王很高兴,授予卞和国家一等功,并将我命名为"和氏璧",收入王宫,以示表扬。

卞和很开心,因为得偿所愿。我也很快乐,因为有了名字。

混在王宫的日子里,我看见了很多温婉的美女,盘儿亮,身材正点,她们和我一样都是男人的玩物,我用以满足物欲,她们用来满足情欲。只是我要幸运些,不必慨叹"红颜弹指老,刹那芳华"。

多年以后,楚国大将昭阳帮楚威王击败了越和魏两个竞争对手。昭阳爱玉成癖,为了激励他更好卖命,楚威王把我赏给了他。

王恩浩荡,昭阳高兴之余就摆了个迎"璧"宴。摆宴的目的有两个,(1)表示对楚王的尊重。(2)显示一下的威风,表明一下自己的地位。

宴会上,客人们要求一睹璧容,昭阳就喜孜孜地把我取出来给大家观赏。我在王宫里憋得时间太久,乍出来透气很是兴奋,放了很多光和热出来,辐射到水里,波光潋滟,云水清明。恰好又是春天,是鱼儿们搔首弄姿的季节,各种各样的鱼在光芒的撩拨下竞相跃出水面。客人们傻眼了,都挤到

河边去看鱼。

混乱中，一个衣着光鲜的赵国人趁人不注意用极快的速度把我藏进包袱。我知道这种行为叫作"偷"，是人类最原始的行为之一。但于我是无所谓的，一个玩物，在谁手里都一样。

宴席结束时，昭阳发现我失踪了。他很愤怒，脸涨得通红。但面对众多衣冠楚楚的客人他也不好意思搜身，观察一番后，昭阳断定是穿破衣服的小伙子偷的，他看上去最像小偷。

昭阳吩咐家人把嫌疑犯捆起来，还没来得及申辩，小伙子就被暴打一顿。尽管如此，昭阳仍然没有查到我的下落。被打的小伙子叫张仪，当时还没飞黄腾达，只能忍辱负重，心里默默地念叨："君子报仇，十年未晚。"

迎"璧"宴就此不欢而散，我的名气却因为失踪的缘故越发大起来。

50年后我辗转到了赵王手中。消息传到当时的枭雄秦昭王耳中，他很想把我占为己有，就派了个使者给赵王捎了个口信，说愿用15座城市来换我。

秦国国王向来不讲信用，昭王更是个信奉大棒政策的无赖，换璧之说摆明是个骗局。但出于礼貌，赵王假装信了，找了蔺相如带我去秦国。

蔺相如恭敬地将我传给秦王，秦王眯着眼睛左看右看上看下看，爱不释手，但绝口不提15座城市的事情。

蔺相如见秦王没丝毫交易诚意，灵机一动，说："大王，和氏璧有个瑕疵，我指给你看。"

秦王有点近视,信以为真,说:"是吗,在哪？快指给我看。"

说罢,就把我递还给蔺相如。

蔺相如接过我,非常生气,摆了个掷铁饼的姿势,说,"一手交城,一手交货。你若要耍流氓,我只能给砸了。"

秦昭王倒也有怜香惜玉之心。看到这架势,一怕得不到玉,二怕传出去名声不好,只好作罢。

后来,事情究竟还是传了开去,大家管上述故事叫做完璧归赵,用来比喻好人好事。但我以为就是几个骗子骗来骗去。

61年后,秦始皇灭赵。胜者为王,我合法地成了秦国战利品。

秦始皇是个很有想象力的皇帝,得到我之后非常开心,他笑着对宰相李斯说:"这石头晶莹剔透,一看就是宝物。不过,光这样没啥意义,一定要镌刻上几个字,让人一看就知道是稀世国宝,你赶快想几个字给刻上,要大吉大利。"

李斯得令后马上去办了,他让最好的玉匠在我身上刻了8个字,"受命于天,既寿永昌"。意思是说,皇帝受命于天,秦始皇当皇帝是合法的。从此,我有了第二个名字——传国玉玺,象征着至高无上的皇权,拥有我的皇帝被称为真命天子。

秦始皇和我在一起的日子并不长,因为农村政治家刘邦做大了事业,扫平群雄,获得了我的所有权。手捧传国玉玺,刘邦也宣称"受命于天,既寿永昌",正儿八经当了皇帝。

汉家王朝在尔虞我诈中父传子,子传孙,我也相对安稳

地过了200多年生活，就在看似和平的生活中，我迎来了暴风骤雨的一天。

对于西汉王朝来说，这是国耻日，因为它们的根被别人拿走了。对于我来说，是倒霉日，因为我被轻度毁容了。

这一切都和那个叫王莽的空想家和野心家有关。他从小孩手中抢得皇位，建立新朝取代汉朝。虽然实际上王莽已经是皇帝，但他意识到，若没有传国玉玺，皇帝还是有点名不正言不顺，就派了弟弟王舜向姑妈王太后索取。

我清晰地记得那天的情形。早上10点左右，王舜就来到长乐宫，奔放地冲到太后屋里，很绅士地鞠了一躬，微笑着说："姑妈早，侄儿向你请安。"

太后哼了一声，说："没事献殷勤，非奸即盗。"

王舜讨了个没趣，目露凶光，恶狠狠地说："臭婆娘，识相点，把传国玉玺交出来。"

王太后看着这个无聊的侄儿，非常鄙视。她愤怒地向王舜吐了口痰，呸了他一脸，随后将我重重摔在地板上，我立马晕了过去。醒来时，我已在王莽身边，身体掉了一块。虽然王莽用黄金给我做了镶补手术，伤疤终究还是留下了。

和王莽在一起的时间很短，因为光武帝刘秀迅速把他搞定了。我又回到了汉朝的皇宫，不过此汉已非彼汉。

东汉末年，十个小太监作乱，搞得我很没方向，先是被一宫女拿到，宫女带着我跳入一口井，随后东吴小霸王孙坚从井中把我取了出来，然后是袁术、曹操……奇怪的是，这些人要么死于非命，要么就没天命。

在一连串无厘头的政治游戏中我明白，"受命于天，既寿永昌"其实是秦始皇骗老百姓玩的,和天命无关,只是我也不知道为什么那么多人会在权欲物欲驱使下拼命争夺我。

三国归晋时,我重回帝王之家。此后,朝代越来越短,经宋、齐、梁、陈,我落入隋文帝手中,没几年,隋炀帝杨广被杀于江都。没多久,外逃多年的萧后拿着我连同她自己一起作为战利品投靠了李世民。我又开始在李唐王朝的历程。

尽管我很讨厌看到这一幕幕雷同的历史悲剧,但人类依然乐此不疲地重复剧情,社会上甚至有这样一句名言:"如果你爱一个人,请给他传国玉玺,如果你恨一个人,也请给他传国玉玺。"

唐朝过后,五代十国开始折腾,胜利者和失败者如同击鼓传花一样传递着我。有句话说"美人如玉",反过来成立的话,那我就是只不能再破的"破鞋"。

不多年,宋太祖赵匡胤一统中国。不过,大宋王朝也只是中转站。靖康之耻后,少数民族建立的金朝得到了我。金亡后,我落入蒙古人手中。没几十年,元顺帝又被驱逐到了蒙古草原,我也去了蒙古。

又不知过了几世几劫,满族人建立了清朝,成吉思汗的后人将我献给了清太宗皇太极,我终于回到了中原。

王朝更替中,只有明朝的朱皇帝们没见过我。但他们活得也很滋润,这充分证明了我其实只是虚幻的符号。末代皇帝溥仪应该是我的最后一个主人,他退位后,我终于了却尘缘。

回忆往昔,有时我会深深陷入自责,因为我的缘故竟然

使那么多人死于非命。但仔细想来，我实在是自作多情。自古以来，人类就一直为权力、美女和财富拼杀。不是我不祥，实在是人们太贪婪，没有我，他们一样会拼杀，永无休止。

只是，这样的拼杀有意义吗？

幸好，这个世界只有人类有物欲、权欲和情欲，试想一下，要是每块石头每颗尘土也有欲望，世界又会乱成什么样子？

有诗云：无缘可去补苍天，一生坎坷若飞烟。卞和脚残肇祸端，新莽补缺也枉然。昨日祖龙筑长城，今日布衣游禁苑。万古江山迭变更，帝王春梦都扯蛋。

看着文字,我无所适从,我好想解脱,但即便是批阅十载,增删五次,我也不能跳将出来。我彻底迷失了,无力再将这无望的战争进行下去,我的文字渐渐苍白,言语织就的迷宫也随之坍塌。

红楼无梦

夜冷冷的,凛冽的寒气从泛黄的窗纸逸进来,在空气中肆意播撒忧伤。风吹门动,屋外的雪花漫天飞舞,面无表情地覆盖着暮气沉沉的大地。天地在无边无际的惨白中交融,像是戴上了厚重的孝服。瞩目远望,这白越来越寂寞,孤绝地表演着哑剧。沉思默想,天地越发静止,连呼吸也暂息了。

毫无知觉地,喧嚷闯入了寂静。那是欢乐的爆竹和烟花,试图用声响和绚烂冲破这冷而无望的死寂,带来热闹和生气。

大年三十,是时辰的结束也是时辰的开始。所有人都在告别旧年的痕迹,冀望新年的馈赠。只有我,一个人孤独着,躲在自身的卑微里,憧憬着渺茫的未来。

男 人

盘古捐躯,乃成天地。

女娲造人,一半是泥,一半是水,将两者混在水潭,再用藤条捣几把浆糊,顺手一甩,人就出现了。

人性就是那时注定的,男人是泥,女人是水,男男女女

一搅合就难免混乱。

古往今来,男人们的表现令我失望。满口仁义道德,全心酒色财气,毕生功名利禄,把个清静世界搞得污浊不已。

我有奇怪的"晕男症",觉得男子浊臭袭人,在男人圈呆久了我就会头晕。

不幸的是,我也是男人。

幸运的是,我不是泥样男子,我是女娲用来补天的泥石,历经烧烤,成为通灵宝玉,又历千年,通了人性。

我降临人间时,一颗沧桑的流星从天边缓缓划过,我许了个愿:愿生生世世都被清洌的水冲洗,洗出温润和光滑,透明如水。

愿望终归是愿望,我依然投胎为男身,哪怕洗无数次澡,还是有着男人的生理特征。

少时的一个艳梦中,风流妩媚的警幻仙子对我说:"你是天下第一淫荡的男人。"

我很诧异,委屈地辩白:"姊姊,你冤枉我了,我是纯情少年,岂能担待这大淫大污之名。昔日隋炀帝筑迷楼,楼阁壮丽,千门万牖,上下金碧,壁砌生光,琐窗射日,藏三千佳丽于其中。每进去一次,就数月不出。依我看,他才是天下第一淫人!"

仙子正言道:"他是好色而淫者,只是皮肤淫滥的蠢物,不过悦容貌、喜云雨、恨不得尽天下之美女供其性趣,和你简直是云泥之别。你天生痴情,情而后淫,即'意淫',此二字是淫荡最高境界。更何况,炀帝之迷楼只是迷失自身,而你的红楼则是众生之迷津。因此,天下第一非你莫属。"

我愈发迷惑了,我只是苍茫世间化为人身的顽石,何来奢华的红楼,我也不曾拥有袅娜女郎,她们只是我梦中偶尔飞过的惊鸿。不过,我心里倒是真喜欢女子的,见了女子就浑身清爽。我以为,世界的希望是属于她们的。

女　人

老子说:"上善若水,水善利万物而不争。"女人如水,所以,女人是上善。污浊尘世里,惟有女儿能守住纯真,将世界荡涤干净。

女娲造人,女娲补天,赐于人类生命又拯救人类生命,女人应该受到尊重。

世界也曾以女人为中心,和谐纯净、友爱不争。然而,男人令人失望地崛起了,历史开始充斥贪婪和暴力,污浊的欲望四处蔓延。男人,连同依附他们的女人都在浊世中迷失了。

我有一个梦想,把世界还给女人,由她们用爱和情感治愈被男人弄疼的世界,创造生命的她们更懂得珍惜生命。世界应该用精神去主宰。这点,女人比男人擅长,她们能用爱让清洁再现,将污浊的争吵声变为充满关爱的弦歌,让欢乐似珍珠般散落人间。

水样的女子,如诗如画,巧笑倩兮,曼妙婀娜。哲人也说:"永恒之女人,引领我们飞升。"试想,温软的"她者"世界怎会像男人世界那样污浊?

一直以来,这个问句在我心中是反问句,但见到"她"之后成了设问句。

　　"她"是个老女人,我是在躲雨时遇见她的。那是幢破旧的红楼,蛛丝结满了梁,院里满是衰草枯杨。她畏缩地躲在墙角,拿着张画像,画上是位灵气四溢的女子。

　　她说,那是年轻的她。她说,那儿是她曾经的家,当年玉笄满床、金满箱、银满箱、脂浓衣香,如今却成了陋室空堂。

　　见我有点疑惑,她给我讲了个长长的故事。故事里有很多女子,聪明伶俐,美艳绝伦,或情或痴,不一样的出身,不一样的命运……

　　听完叙述,我如同经历了痛苦的长梦。我很扫兴,老女人让我明白将希望寄托在女子身上也很虚幻。她让我明白,女了终究会结婚,会沾染男子的污浊气。一旦变老,花容失色,如水的灵性也不见了,就像"她"那样目光呆滞,老态龙钟。她也让我明白,即便所有女人都长生不老,青春永驻,也万难更改污浊尘世。她更让我明白,千百年来,男人的泥世界早已掺进女人的水,成了牢不可破的水泥世界。

　　更何况,女人也离不开男人,没有泥,水无可依托。

文　字

　　面对污浊的男人和同流合污的女人,我迷失了,沉默了。

　　老女人的话时常在我耳边萦绕,幻化成故事,似梦非梦,似幻还真。我想把这个故事用文字写下来,讽刺污浊的男子,挽救如水的女子。

　　想到文字,眼前掠过一道闪电,脑海中也浮现一抹曙光。

是的,就是文字,它是浊世的希望。

昔日苍颉穷天地之变而创文字,天为雨栗,鬼为夜哭,龙乃潜藏。

文字给芸芸众生带来了希望,让妖魔鬼怪无处躲藏。今日,我也能凭藉它唤醒堕落的男人和迷失的女人,拯救病态的社会,重建理想国。

紧皱的眉头松了,抬望眼,是光明的天空。展开素白的纸,希望就随着笔端向四面八方铺开。

依旧是红楼的故事,因为梦想的加入成了《红楼梦》。文字底下,红楼即世界,为了拯救世界,我也跳入红楼,成了贾宝玉。我要揭露男人世界的尔虞我诈,描绘女儿世界的纯美。我想让男人反躬自省,用清洁的精神洗涤世界。我想让女人们不被玷污,保持灵动和纯洁,支撑起半边青天。这样还不够,我还要让世界充满温情,亲情、友情、爱情,我要用伟大的情感重塑新世界。

我是如此投入,在破旧的红楼里辛勤创作,十载如一日,撰写《红楼梦》。

故事充满了诱惑,诱惑的引力下的我无法自拔,越来越沉迷于笔下的女子。木石前盟的林妹妹,金玉良缘的宝姐姐,风流灵巧的晴雯,温柔顺从的袭人,醉眠芍药的湘云,都让我觉着说不出的好。甚至,风流俊俏的秦钟和蒋玉涵等男人也让我心有旁骛。

情感牵引下,文字筑造的红楼失控了。男男女女都涌动着情欲,这是我始料未及的。本想用文字引入爱和情感拯救芸芸众生,不曾想,非但给不出爱的希望,连自己也为情所

困，成了情痴。

我终于明白警幻仙子的话了。四处留情，女也爱，男也欢，希望好女人陪我缱绻风流，永远不出嫁，文字筑就的红楼也极尽奢华靡乱，与炀帝之迷楼殊途同归。当真是名副其实的天下第一淫人！

看着文字，我无所适从，我想解脱，想逃离。但即便重新批阅十载，增删五次，我也不能跳将出来。我彻底迷失了，无力再将这无望的拯救进行下去，我的文字渐渐苍白，言语织就的迷宫也随之坍塌。

哲人说，"言语破碎处，无物残存"，以文救世的愿望自然也消失了。我只剩卜沉沦，沉沦中的我越发孤冷。

寒风又不客气地钻进屋子，舐舐我的身体，让我心骨俱冷，我不禁打了个寒战。

门外，雪花优雅地从天空坠下，覆盖大地。纯白的雪是水做的，恰如冰雪晶莹的女子。我不禁欢欣起来，原来世界也可以纯净起来的。瞬间，我又沮丧了。阳光下，雪终究会融化，然后渗入大地，归于泥土，世界还是世界的样子。

雪越下越大，天和地是整片白茫茫的干净。渐渐地，白色的光和影越来越强烈，终于成了巨大的虚空。虚空中传来一声空灵的召唤："人啊，你本是尘土，终将归于尘土。"

我若有所悟，便循着召唤飘然而去。

图书在版编目(CIP)数据

真爱无鞋／韩圣海著.－上海：学林出版社，2005.5
ISBN 7-80668-941-9

Ⅰ.真... Ⅱ.韩... Ⅲ.文学－作品综合集－中国
－当代 Ⅳ.I217.2

中国版本图书馆 CIP 数据核字(2005)第 036777 号

真爱无鞋

作 者	——	韩圣海
特约编辑	——	金 水
责任编辑	——	曹坚平
封面设计	——	鲁继德
插 图	——	赵树云
出 版	——	上海世纪出版集团

学林出版社(上海钦州南路 81 号 3 楼)
电话：64515005 传真：64515005

| 发 行 | —— | 新华书店上海发行所 |

学林图书发行部(钦州南路 81 号 1 楼)
电话：64515012 传真：64844088

印 刷	——	启东市人民印刷有限公司
开 本	——	889 × 1194 1/32
印 张	——	7.25
字 数	——	15.3 万
版 次	——	2005 年 5 月第 1 版
		2005 年 5 月第 1 次印刷
印 数	——	5000 册
书 号	——	ISBN 7-80668-941-9/I · 248
定 价	——	17.00 元